AF357100

SÉANCE PUBLIQUE ANNUELLE

DES

CINQ ACADÉMIES

DU MERCREDI 25 OCTOBRE 1899

PRÉSIDÉE PAR M. VAN TIEGHEM

PRÉSIDENT DE L'ACADÉMIE DES SCIENCES

PARIS

TYPOGRAPHIE DE FIRMIN-DIDOT ET Cie

IMPRIMEURS DE L'INSTITUT DE FRANCE, RUE JACOB, 56

—

M DCCC XCIX

INSTITUT
1899. — 28.

INSTITUT DE FRANCE.

SÉANCE PUBLIQUE ANNUELLE

DES

CINQ ACADÉMIES

DU MERCREDI 25 OCTOBRE 1899

PRÉSIDÉE PAR M. VAN TIEGHEM

PRÉSIDENT DE L'ACADÉMIE DES SCIENCES

ASSISTÉ DE

MM. GASTON BOISSIER, CROISET, LEFEBVRE, HIMLY

DÉLÉGUÉS DES ACADÉMIES

FRANÇAISE, DES INSCRIPTIONS ET BELLES-LETTRES, DES BEAUX-ARTS

ET DES SCIENCES MORALES ET POLITIQUES

ET DE MM. BERTRAND ET BERTHELOT

SECRÉTAIRES PERPÉTUELS DE L'ACADÉMIE DES SCIENCES

SECRÉTAIRES ACTUELS DU BUREAU DE L'INSTITUT

ORDRE DES LECTURES

1°

Discours du Président des Cinq Académies de l'Institut.

Rapport sur le concours de 1899, pour le prix fondé par M. DE VOLNEY, et proclamation du prix.

2° *Le forum romain et les fouilles récentes*, par le R. P. Thédenat, délégué de l'Académie des inscriptions et belles-lettres.

3° *Les aberrations de la notion du temps dans les légendes du moyen âge*, par M. Gebhart, délégué de l'Académie des sciences morales et politiques.

4° *Le voyage en Italie de M. le marquis de Vandières et de sa compagnie* (1749-1751), par M. Henry Roujon, délégué de l'Académie des beaux-arts.

5° *Le sergent Sans-Soucy, histoire du temps de Louis XV*, par M. Henry Houssaye, délégué de l'Académie française.

SÉANCE PUBLIQUE ANNUELLE

DES

CINQ ACADÉMIES

Du mercredi 25 octobre 1899

DISCOURS D'OUVERTURE

DE M. LE PRÉSIDENT

MESSIEURS,

Organisé par la loi du 25 octobre 1795, l'Institut national de France célèbre aujourd'hui le 104ᵉ anniversaire de sa fondation.

Chaque année, à cette date, toute la famille se réunit en une séance solennelle, les quatre sœurs plus jeunes, l'Académie des Inscriptions et Belles-Lettres, l'Académie des Sciences, l'Académie des Beaux-Arts et l'Académie des Sciences morales et politiques, se serrant affectueusement autour de leur sœur aînée, l'Académie française.

A tour de rôle, il n'y a pas de droit d'aînesse, chacune d'elles préside cette Réunion. Cette fois, c'est à l'Académie des Sciences et à l'humble botaniste qu'elle a daigné mettre à sa tête pour la représenter que ce grand honneur est échu. Il s'en croirait moins indigne si vous lui permettiez de se placer tout de suite sous l'égide d'un de ses maîtres, qui fut l'un de nos confrères les plus illustres, l'un des plus aimés aussi et des plus regrettés, de notre grand et cher Pasteur, dont le souvenir demeure toujours si vivant parmi nous.

Pasteur aimait à nous dire, à nous ses élèves : « Ayez un idéal, poursuivez-le sans cesse et vous serez heureux. » Ces paroles, il vous les a, sous une forme à peine différente, répétées ici même, dans une circonstance très solennelle, le jour de sa réception à l'Académie française : « Heureux, vous disait-il alors, celui qui porte en soi un idéal et qui lui obéit. » Une main pieuse les a inscrites sur sa tombe, et par delà la mort elles continuent d'inspirer la pensée, d'animer le courage, de soutenir l'effort de ces nombreux travailleurs qui, dans le monde entier, marchant dans les voies fécondes qu'il leur a ouvertes, poursuivent infatigablement son œuvre, on sait avec quel succès, chaque jour plus éclatant

A ce compte-là, Messieurs, nous devrions être tous des gens heureux à l'Institut. Dans les directions les plus diverses de l'esprit, ne sommes-nous pas tous, en effet, des chercheurs obstinés d'idéal? Au milieu des différences profondes d'origine et de nature, d'éducation et de culture, qui nous séparent en Académies et qui même, dans plusieurs de nos Académies, nous subdivisent encore en

Sections, n'est-ce pas là notre trait commun et, pour ainsi dire, notre caractère de famille? Bien mieux, n'est-ce même pas là notre raison d'être, notre fonction sociale, la plus haute assurément dans la démocratie moderne? Pour les uns, c'est l'idéal de la Vérité par la Science et l'Histoire; pour d'autres, c'est l'idéal de la Justice par la Morale et la Politique; pour d'autres encore, c'est l'idéal de la Beauté par l'Art dans toutes ses manifestations : tout cela formant ensemble cet Idéal suprême, éternel et infini, que c'est la grandeur de l'homme de poursuivre toujours, sans pouvoir même espérer l'atteindre jamais.

Oui, Messieurs, Pasteur a raison, nous sommes tous, par là, très heureux à l'Institut.

Sans doute, la part de bonheur qui nous est ainsi dévolue ne nous est pas précisément donnée. Il nous faut l'acheter jour par jour, bribe à bribe, par un travail incessant et opiniâtre, souvent ingrat, traversé par bien des mécomptes venant des choses, par bien des déceptions venant des hommes. Il y a des jours, parfois même de longues séries de jours de découragement et de tristesse, où le ciel se voile, où le but poursuivi : Vérité, Justice ou Beauté, semble fuir et disparaître à jamais. C'est alors qu'il faut se souvenir des leçons du passé, se rappeler qu'il est sans exemple que l'homme ait frappé sans qu'il lui ait été ouvert, et, sans désespérer, se raidir contre l'obstacle, persévérer dans l'effort quotidien, les yeux toujours fixés sur l'avenir, dans la certitude qu'ils verront enfin, au bout de la route sombre, le retour éclatant de la lumière.

Si donc elle se heurte dans le chemin à des difficultés et à des tourments, cette recherche désintéressée de l'Idéal à laquelle nous nous sommes dévoués, elle y rencontre bien aussi des satisfactions matérielles qu'elle n'a pas recherchées, de fructueuses surprises qui la dédommagent. Loin d'exclure, en effet, comme on le croit trop souvent, les découvertes utiles et leurs résultats pratiques, elle les provoque, au contraire, elle en est une source féconde et inépuisable. S'il en fallait donner ici une preuve, on la trouverait encore, et surabondante, dans l'œuvre même de Pasteur.

Voyez. Il montre que la fermentation alcoolique, phénomène jusque-là inexpliqué et même mystérieux, a pour cause la présence et le développement à l'intérieur du liquide sucré d'un petit Champignon, la Levure ; aussitôt de grandes industries, la fabrication et la conservation de la bière, du vin, du cidre, se trouvent transformées et une industrie nouvelle est créée pour la culture en grand à l'air libre de la Levure de bière.

Il découvre d'abord que le *charbon* et plus tard, peu à peu, que la plupart des maladies de l'homme et des animaux domestiques sont provoqués par la présence et le développement à l'intérieur du corps d'autant de petites Algues appartenant à la famille des Bactériacées ; du même coup, l'hygiène et la médecine se trouvent renouvelées jusque dans leurs bases, et il est permis désormais d'espérer que les maladies terribles qui déciment l'humanité pourront être toutes prévenues ou guéries, comme plusieurs le sont déjà.

On pourrait multiplier ces exemples et en trouver de semblables dans chacune des autres directions où s'exerce notre activité. Ceux-ci suffisent à montrer que ce sont

précisément les recherches les plus délicates et les plus
hautes, celles qui opèrent dans les territoires encore obs-
curs et inexplorés qui forment les confins mêmes de notre
connaissance actuelle du monde, les plus désintéressées
aussi, par conséquent, qui sont la source des applications
les plus précieuses et les plus importantes. En un mot,
les applications descendent; elles ne montent pas.

Or c'est seulement, ou surtout, par ces résultats pratiques, qui, peu à peu, transforment les conditions de sa
vie, que le grand public est averti de notre existence et
progressivement initié à nos recherches; c'est par eux
qu'il prend conscience de nos efforts, qu'il se rend compte
de la grande somme d'intelligence, de travail et de temps
qu'a coûté à un chercheur, souvent même à plusieurs, la
moindre des applications dont il a la facile jouissance,
et qu'il est amené, en définitive, à nous accorder son
estime, son respect et sa reconnaissance.

Cette initiation du grand public aux idées supérieures
s'opère surtout brusquement, dans toute son intensité et
tout son éclat, lorsque les résultats obtenus dans les
diverses voies des connaissances humaines par le travail
d'une génération de chercheurs se trouvent, à un moment
donné, rassemblés dans un même lieu et classés avec méthode, comme il arrive dans ce qu'on appelle une *Exposition universelle*. Celle dont Paris a donné le spectacle en
1889 nous a laissé d'inoubliables souvenirs. Celle que
Paris prépare pour le printemps prochain la dépassera
certainement en valeur et en éclat. Elle résumera l'immense
effort réalisé par le XIXe siècle finissant pour apporter
au monde un peu plus de Vérité, un peu plus de Justice,

un peu plus de Beauté, en un mot un peu plus de Civili-
sation. Dans cet effort et dans tous les bienfaits qu'il a
procurés, le monde verra que la France, et en France,
notre Institut national, a pris, cette fois encore, la meilleure part.

Hélas ! Messieurs, tous les membres de notre Compagnie
n'assisteront pas à ce triomphe de la patrie. Chaque année
voit disparaître quelques-uns d'entre nous. Depuis notre
dernière Réunion générale, seize de nos confrères nous
ont été enlevés. Chacun d'eux a reçu ou recevra dans
l'Académie à laquelle il appartenait tout l'hommage mé-
rité. J'ai seulement le devoir, à la fois triste et doux, de
les rappeler ici, en quelques mots, à votre souvenir.

Nos cinq Académies ont été toutes et presque également frappées.

L'Académie française a perdu MM. Hervé, Pailleron et
Cherbuliez.

Ancien élève de l'École normale, M. Hervé aimait trop
l'action et la lutte pour que les calmes fonctions de l'enseignement pussent lui convenir. Aussi, dès ses débuts
dans la vie, s'est-il senti un tempérament de journaliste.
Avec Prévost-Paradol et Weiss, il a fondé le *Journal de
Paris,* qui obtint un grand succès dans la bourgeoisie
éclairée. Plus tard, voulant s'adresser au grand nombre,
il a créé le *Soleil,* l'un des organes les plus appréciés de la
presse populaire au service du parti monarchiste. On se
rappelle avec quelle fermeté et quelle modération il a
soutenu, dans ces derniers temps, la cause de la Justice et
de la Vérité.

M. Pailleron est l'auteur de l'*Age ingrat,* du *Monde où*

l'on s'ennuie, de la *Souris*, et de tant d'autres pièces de théâtre, dont les titres eux seuls sonnent, comme on l'a dit, le rire et la gaîté, et dont plusieurs ont fait le tour du monde. Un critique éminent a cru pouvoir caractériser son œuvre en trois mots, disant qu'elle est bien française, bien bourgeoise et bien parisienne.

Pendant trente-six ans l'un des collaborateurs les plus actifs de la *Revue des Deux Mondes*, M. Cherbuliez était tout à la fois : un romancier brillant et fécond, un philosophe aimable et profond, un artiste connaissant le secret de tous les arts, un savant familier avec les problèmes les plus délicats de toutes les sciences, un publiciste pénétrant dont les opinions faisaient autorité dans les milieux politiques ; mais c'était surtout un homme de grande valeur morale. On l'admirait et on l'aimait.

L'Académie des Inscriptions et Belles-Lettres a perdu deux de ses membres, M. Devéria et M. Menant.

M. Devéria a commencé sa carrière en Chine, où il a séjourné vingt ans, d'abord comme interprète de la Légation, puis comme consul général à Pékin. Revenu en France et nommé professeur de chinois à l'École des langues orientales vivantes, il a publié plusieurs ouvrages importants sur la géographie de l'Empire chinois, sur ses relations avec les nations voisines et sur quelques épisodes marquants de son histoire.

Magistrat au Havre et à Rouen, M. Menant a consacré ses loisirs à l'étude d'une science nouvelle dont les érudits commençaient alors à s'entretenir, l'Assyriologie, et bientôt, malgré son éloignement de Paris, il y est devenu un maître. Il a publié des études très estimées sur les écritures cunéiformes et sur les éléments d'une grammaire assyrienne.

L'Académie des Sciences a vu disparaître deux de ses membres, M. Naudin, doyen de la Section de Botanique, M. Friedel, doyen de la Section de Chimie, et deux de ses associés étrangers, M. Frankland, à Londres, et M. Bunsen, à Heidelberg.

M. Naudin s'est fait connaître d'abord par d'importants travaux descriptifs, en particulier par une monographie de la grande famille des Mélastomacées, puis et surtout par une longue et belle série de recherches expérimentales sur l'hybridité et la variation. C'était un homme bienveillant, un esprit ouvert, qui se mouvait avec la même aisance dans le domaine des faits, dans celui des idées abstraites et dans celui de l'imagination, une âme virile, que les épreuves les plus cruelles n'ont pu abattre.

Élève de Wurtz et son successeur dans la chaire de Chimie organique de l'Université de Paris, M. Friedel a consacré tous ses efforts à continuer et à développer l'œuvre de son illustre maître et ami. Par ses nombreux et importants travaux, par son enseignement à l'École normale et à la Faculté des Sciences, par les élèves distingués qu'il a formés dans son laboratoire et tout récemment encore par cette École de Chimie pratique appliquée à l'industrie qu'il venait de fonder à la Sorbonne et à laquelle il donnait sans compter tous ses soins, il a exercé une grande et féconde influence sur les progrès de la Chimie organique dans notre pays durant le dernier quart de siècle. Tout autant que l'étendue de sa science, nous savions apprécier l'affabilité de son caractère, la droiture de son esprit, l'élévation de son âme, infatigablement éprise de vérité et de justice et, pour tout dire en un mot, la haute valeur morale de sa personne.

M. Frankland, un des plus grands chimistes de l'Angleterre, s'est illustré par la découverte des combinaisons organo-métalliques, ces singuliers corps composés, qui, comme le cyanogène, jouent le rôle de corps simples, et par celle des procédés de synthèse qui, se fondant sur l'emploi de ces combinaisons, ont contribué à fixer la valence des métaux. Parmi beaucoup d'autres recherches, on lui doit aussi d'importantes études sur les eaux potables et les eaux vannes, qui ont conduit à améliorer les conditions hygiéniques de la ville de Londres.

La longue vie de M. Bunsen s'est écoulée tout entière dans le laboratoire et dans la chaire de Chimie de l'Université de Heidelberg. Dès 1837, il y établissait sa réputation en découvrant dans le cacodyle le premier et le type de cette série de radicaux organo-métalliques dont M. Frankland a depuis, comme on vient de le rappeler, enrichi la Chimie. Plus tard, à l'aide d'une pile nouvelle qui porte son nom, il a isolé le calcium, le baryum, le strontium et fait connaître toutes les propriétés de ces métaux. Chacune des étapes de sa longue et laborieuse carrière a été marquée ainsi par quelque nouveau progrès. Mais surtout il a eu la gloire d'attacher son nom à l'une des découvertes les plus considérables de la science moderne, celle du spectroscope et de l'analyse spectrale, faite en collaboration avec Kirchhoff, son collègue dans la chaire de Physique de l'Université. On sait combien cette méthode a été et continue d'être féconde, et qu'après nous avoir fait connaître toute une série de nouveaux corps simples dont Bunsen et Kirchhoff ont trouvé les deux premiers, le cæsium et le rubidium, elle a permis de démontrer l'unité de composition chimique de tous les astres et de prouver ainsi l'identité de la matière dans toute l'étendue de l'Univers, résultat de la plus haute importance, on le comprend, pour la Philosophie naturelle.

L'Académie des Beaux-Arts a été frappée dans trois de ses membres libres : MM. Duplessis, de Chennevières et Delaborde.

Conservateur des estampes à la Bibliothèque nationale, M. Duplessis était un savant et laborieux historien de l'Art. On lui doit une longue série d'études consacrées à l'histoire de la gravure dans les divers pays d'Europe, partout où elle a laissé des traces durables ; ce sont tantôt des ouvrages d'ensemble, embrassant de vastes périodes, tantôt des monographies individuelles ou régionales ; dans tous, il a montré la même sûreté d'information, la même méthode critique, le même talent d'exposition.

C'est encore comme historien de l'Art, que M. le marquis de Chennevières avait pris place parmi nous. Successivement inspecteur des Musées de province, organisateur des Salons annuels, conservateur du Musée du Luxembourg et directeur des Beaux-Arts, il menait de front et avec le même zèle ses devoirs de fonctionnaire et sa passion de chercheur. La série de ses ouvrages forme un ensemble imposant, auquel il a donné comme couronnement ses *Archives de l'Art français* et son *Inventaire général des richesses d'Art de la France*. Son nom restera attaché à la grandiose entreprise de la décoration picturale du Panthéon, dont il a tracé le programme et commencé l'exécution.

M. le comte Delaborde avait débuté par être un peintre distingué. Puis, laissant le pinceau pour la plume, et nommé conservateur des estampes à la Bibliothèque nationale, il se fit à son tour historien de l'Art. On lui doit notamment de belles notices sur les grands peintres, une magistrale *Histoire de la Gravure* et en dernier lieu une *Histoire de l'Académie des Beaux-Arts.* Son grand talent d'écrivain le fit bientôt appeler aux fonctions de Secrétaire perpétuel, qu'il a remplies pendant vingt-cinq ans, on sait avec quel dévouement et quel éclat. Homme de devoir et de cœur, il nous a laissé un exemple supérieur de droiture, de courage et de simplicité.

L'Académie des Sciences morales et politiques a vu sa Section de Philosophie dévastée par la mort ; composée de huit membres, elle en a perdu trois : MM. Nourrisson, Bouillier et Janet. En outre, elle a vu disparaître l'un de ses associés étrangers, M. Castelar, à Madrid.

M. Nourrisson a consacré sa vie à l'enseignement de la philosophie, d'abord au lycée Henri IV, puis au Collège de France. Appartenant à l'école spiritualiste, il a beaucoup écrit pour combattre les opinions contraires à la sienne. Il éprouvait surtout une attraction particulière pour Bossuet, auquel tout le ramenait et dont il a étudié à fond la doctrine et les ouvrages.

Ancien élève de l'École normale, M. Bouillier a enseigné la philosophie à la Faculté des lettres de Lyon, avant de remplacer Nisard dans la direction de l'École normale. Il a étudié avec soin divers points de la philosophie de Descartes, dont il a adopté résolument la doctrine. Attiré aussi par les problèmes de la psychologie, il en a résolu plusieurs avec finesse et clarté.

M. Janet a enseigné pendant trente-cinq ans la philosophie à la Faculté des lettres de Paris, où il a pu voir les générations successives de maîtres et d'élèves se transmettre fidèlement les unes aux autres l'inaltérable respect qu'inspiraient à tous son caractère et son talent. Élève de Cousin et demeuré fidèle aux enseignements de son maître, mais plus large que lui, plus libéral, plus ouvert aux idées des autres, désireux même d'y reconnaître une part de vérité qu'il pût s'approprier, il a publié sur presque tous les problèmes de la Philosophie, des ouvrages très estimés, qui l'ont placé à la tête de l'école spiritualiste française.

M. Castelar a débuté par des publications littéraires et historiques, qui l'ont fait appeler à la chaire d'histoire et de philosophie de l'Université de Madrid. Mais bientôt, entraîné vers la politique par la nature de son esprit et de son talent, il a joué un rôle de plus en plus important dans les affaires de son pays et n'a pas tardé à devenir le chef incontesté, l'apôtre, pour ainsi dire, de la démocratie espagnole. Par son action personnelle, comme député aux Cortès, comme ministre des Affaires étrangères et président du Conseil, comme Président de la République, et plus tard par les nombreux ouvrages qu'il a publiés pendant sa longue et laborieuse retraite et qui attestent à la fois la merveilleuse activité de son esprit et la grande variété de ses connaissances, il a toujours cherché à concilier ces deux éléments nécessaires à la vie normale de toute société : l'ordre et la liberté. Orateur incomparable, sa parole toujours élevée,

pleine de poésie et d'émotion contenue, charmait et sub-
juguait même ses adversaires les plus déclarés. Il aimait la
France, où les vicissitudes de sa carrière politique l'ont
amené plusieurs fois à résider, et il s'était fait parmi nous
de nombreuses amitiés, plusieurs illustres, qui lui sont
restées fidèles jusqu'au bout.

Chacun de ces confrères disparus a, pour sa part, suivant ses aptitudes et dans la mesure de ses moyens, contribué à accroître le patrimoine intellectuel et moral de
l'humanité. Nous leur garderons à tous un pieux souvenir.

S'il perd de la sorte chaque année quelques-unes de
ses feuilles, notre arbre plus que centenaire, mais toujours
vigoureux et plein de sève, se refait aussi chaque année
tout autant de feuilles nouvelles, qui réparent dignement
et complètent sa glorieuse frondaison. C'est ainsi que,
depuis notre dernière Réunion générale, l'élection a fait
entrer dans nos rangs onze nouveaux confrères : à l'Académie française, MM. Lavedan et Deschanel; à l'Académie
des Sciences, M. Roux, dans la section d'Économie rurale
et M. Prillieux dans la section de Botanique; à l'Académie
des Beaux-Arts, M. Cormon dans la section de Peinture,
MM. Guiffrey, Roujon et Gille parmi les membres libres;
à l'Académie des Sciences morales et politiques, comme
membres libres, M. Rostand et M. le baron de Courcel et
comme associé étranger, M. Luzzati, à Rome. A ces nouveaux élus, espoir de notre Maison, je suis heureux d'avoir
à souhaiter ici la bienvenue en leur adressant, au nom de
tous les anciens, un salut fraternel.

PRIX DE LINGUISTIQUE

RAPPORT SUR LE CONCOURS

DE L'ANNÉE 1899.

La Commission avait annoncé, pour le concours de 1899, qu'elle accorderait un prix consistant en une médaille d'or, de la valeur de *quinze cents* francs, à l'ouvrage de Philologie comparée qui lui en paraîtrait le plus digne parmi ceux qui lui seraient adressés.

Neuf concurrents ont adressés des ouvrages pour ce concours.

La Commission décerne le prix à M. F. Georges Mohl, maître de conférences à l'Université de Prague, pour son livre : *Introduction à la chronologie du latin vulgaire.*

La Commission décernera, en 1900, une médaille de *quinze cents* francs au meilleur ouvrage de Philologie comparée qui lui aura été adressé.

L'étude partielle ou d'ensemble, au point de vue comparatif et surtout historiquement comparatif, d'un ou de plusieurs idiomes, et celle d'une famille entière de langues, seront également admises à concourir.

Les règles, le but et les moyens de la grammaire et de la philologie comparées sont maintenant bien établis, les modèles abondent, et la Commission n'a pas besoin de dire dans quelles vues doivent être entrepris, d'après quelles méthodes doivent être exécutés les travaux qui font l'objet du concours. Il n'est pas non plus nécessaire qu'elle recommande aux concurrents, comme il a été sage autrefois de le faire, « de ne pas se borner à l'analyse logique ou à ce qu'on appelle la *Grammaire générale* ».

Les manuscrits et les ouvrages imprimés seront admis au concours; ces derniers, pourvu qu'ils aient été publiés depuis le 1ᵉʳ janvier 1899. Ils ne seront reçus que jusqu'au 1ᵉʳ avril 1900; ce terme est de rigueur. Ils devront être adressés, francs de port, au Secrétariat de l'Institut, avant le jour prescrit.

Les concurrents sont prévenus que l'on ne rendra aucun des manuscrits qui auront été envoyés au concours; mais les auteurs pourront en faire prendre des copies.

LE FORUM ROMAIN

ET

LES FOUILLES RÉCENTES

PAR

HENRY THÉDENAT

PRÊTRE DE L'ORATOIRE
DÉLÉGUÉ DE L'ACADÉMIE DES INSCRIPTIONS
ET BELLES-LETTRES

I

MESSIEURS,

Le voyageur intelligent — je ne puis parler ici que de celui-là, — le voyageur intelligent n'affronte pas sans une sérieuse préparation les émotions d'une première visite au Forum. Une rapide lecture de l'histoire romaine a ravivé ses lointains souvenirs d'écolier; par l'étude des descriptions, des plans et des photographies, il s'est fait un Forum à lui, où le rêve le dispute à la réalité, tout comme dans l'histoire de ce lieu célèbre, la légende se mêle à la vérité. Enfin, il est à Rome et touche au but. Au passage

les belles colonnes du temple élevé   par AugusteàMars
vengeur ont excité son admiration ; ses pieds ont foulé le
sol qui recouvre le temple de Venus Genitrix et le Forum
de César. Plus ému qu'il ne se l'avoue à lui-même, il pé-
nètre sur l'extrémité nord-ouest du Forum romain par
la trouée que la rue Bonella a percée au centre de la Curie
de Dioclétien.

Quelques pas encore, et cette place de sept arpents qui
fut, pendant des siècles, le centre du monde, s'étend tout
entière à ses pieds, jusqu'à l'arc de Titus, jusqu'au temple
de Vénus et de Rome dominé par la tour gracieuse de
Sainte-Françoise romaine ; et, comme fond au tableau, il
voit les sombres feuillages du Cœlius, le sommet de la
haute muraille du Colisée, et, bien au delà, à l'horizon, les
montagnes bleues de la Sabine.

D'abord éblouis par ce magique spectacle, ses regards
s'abaissent ensuite vers le Forum. Grande est sa déception,
tant lui paraissent tristes, au premier abord, ces hauts
soubassements complètement dépouillés de leur parure de
pierre et de marbre, et mélancoliques ces voies aban-
données dont le pavé semble attendre encore les passants
d'autrefois. Il se ressaisit cependant, appelle la mémoire
au secours de l'imagination désemparée, et, bientôt, la
majesté des grands souvenirs rend augustes à ses yeux ces
débris du passé. Des vers d'Ovide lui reviennent à l'esprit :
là où est le Forum, s'étendaient jadis des marais fangeux ;
ce terrain solide, qui porte des autels, fut autrefois le lac
Curtius. C'est au nord de ce marais, entre le Capitole et
les premières pentes du Palatin, sur un théâtre restreint
qu'on embrasse d'un coup d'œil, que la légende a placé

la célèbre bataille entre Romains et Sabins, la fuite des
Romains, le vœu de Romulus exaucé par Jupiter Stator,
la brusque intervention des Sabines, échevelées, les bras
tendus entre leurs pères et leurs maris, telles évidemment que nous les montre le tableau de David.

Puis commence la visite de chacun des monuments : Au
pied du Capitole, le temple de la Concorde, érigé par
Camille après le vote des lois Liciniennes, en exécution
d'un vœu ; le temple de Vespasien et de Titus ; le portique
des douze grandes divinités, restauré par Agorius Praetextatus, pour réchauffer la foi païenne au moment où les
dieux s'en allaient ; plus en avant, le temple de Saturne
qui remplaça l'autel dédié par Hercule ; la tribune de
César, où furent exposées la tête et les mains de Cicéron ;
l'arc de Septime Sévère, témoin des victoires remportées
sur les Parthes. Du côté du Vélabre et du Palatin, la basilique Julia, œuvre de César et d'Auguste ; le temple aux
trois colonnes, marquant le lieu où Castor et Pollux
abreuvèrent à la fontaine Juturne leurs chevaux baignés
de sueur et annoncèrent aux Romains la victoire du lac
Régille ; le temple de Vesta, où brilla pendant deux mille
ans la flamme sacrée, gage pour Rome d'une éternelle
domination ; la maison habitée par les six vierges Vestales.
A l'extrémité orientale, la Regia, demeure du souverain
Pontife, fondée par le pieux roi Numa ; le temple d'Antonin et de Faustine ; le temple décrété par Octave et les
triumvirs à César déifié ; l'arc de triomphe d'Auguste,
qui, trois fois en trois jours, triompha des Dalmates, de
l'Égypte et des vaincus d'Actium.

Ensuite le voyageur erre à l'aventure, franchit les limites

du Forum, admire en passant la porte de bronze du temple
de Romulus, les trois arches grandioses de la basilique
de Constantin, revient sur ses pas, regrettant que, sur le
côté nord, les terres cachent encore la basilique Aemilia,
le temple de Janus, le Comitium, les substructions des
anciennes curies. Chemin faisant, il évoque dans sa pensée
la vie intense qui, autrefois, animait cette place aujour-
d'hui déserte : les luttes de la plèbe pour la conquête des
droits et de la liberté, les discours politiques, les procès
célèbres où parlaient Hortensius et Cicéron, les émeutes
et le tumulte des jours de vote, les séances orageuses du
Sénat, les manifestations de la foule, les incendies, les funérailles nationales; et aussi, les jeux, les spectacles, les
grandes processions religieuses, les pompes triomphales.

Mais déjà, des tours et des campaniles, s'envolent de
tous côtés les sons de l'*Ave Maria* du soir. A l'insu du pro-
meneur, l'une après l'autre, les heures du jour s'en sont
allées, les gardiens ferment les barrières. Surpris de l'heure
tardive, toujours plongé dans son rêve, ayant perdu le
sens de notre vie moderne, il se retire et ne revient à la
réalité qu'en voyant sur le Clivus Capitolinus, au pied du
Tabularium, passer entre les temples de Saturne et de
Vespasien, devant le temple de la Concorde et le portique des Dii Consentes, un tramway électrique.

II

Tel était l'état du Forum depuis 1884. A cette époque,
en effet, après une brillante campagne de fouilles,
M. Guido Baccelli, alors ministre de l'Instruction publi-

que, dut abandonner le ministère. A peine revenu aux affaires, il a repris l'œuvre interrompue, à laquelle son nom restera désormais attaché. C'est à M. l'architecte Boni, plein d'une foi ardente en la vieille Rome, qu'a été confiée, avec l'aide d'une commission d'archéologues éminents (1), la direction des fouilles nouvelles. Le but poursuivi est double :

D'abord, autant que possible, replacer les débris sur les monuments d'où ils proviennent.

Ensuite, rechercher, partout où il n'a pas été atteint, le sol antique et déblayer le côté nord du Forum.

Je serai bref sur la première partie de ce programme.

Deux des sept colonnes érigées par Dioclétien le long de la voie sacrée, en face de la Basilique Julia, ont été de nouveau posées sur leurs bases.

On aurait aussi l'intention de redresser, à côté des trois autres, une colonne du temple de Castor. C'est avec regret, je l'avoue, que je verrais modifier, par l'adjonction d'une quatrième sœur, l'aspect de ces trois colonnes, charmantes comme les trois Grâces, que les gravures et les tableaux des siècles derniers ont rendues si familières, même à ceux qui jamais ne sont allés à Rome.

A droite de la maison des Vestales, on a relevé un élégant petit édicule dont les débris gisaient sur le sol, là où ils ont été renversés, il y a des siècles. Ce joli monument abritait un autel et une statue. Une des deux colonnes de devant faisant défaut, elle a été remplacée par un pilastre en briques. Ce n'est pas d'un effet gracieux. Mais

______

(1) MM. Gatti, Huelsen, Lanciani, Sacconi.

il faut voir là l'intention louable de ne pas refaire les
morceaux disparus. D'ailleurs, un rosier grimpant doit
bientôt dissimuler le pilastre. L'idée est peut-être poé-
tique, mais elle n'est pas heureuse. Une fois inaugurée,
pourquoi ne serait-elle pas poursuivie? Se figure-t-on les
colonnes du temple de Castor étreintes par des lierres,
des touffes de chèvrefeuilles suspendues aux chapiteaux
du temple de Vespasien, la gravité du temple de Saturne
égayée par les festons d'une vigne folle? C'est l'austérité
des débris antiques qui fait leur grandeur et leur beauté,
les ruines du Forum ne gagneraient rien à imiter celles
du parc Monceau.

Mieux vaut replacer sur le temple de la Concorde ses
beaux fragments dispersés dans des musées et dans des
magasins; restituer au temple de Vesta, si vraiment on a
conservé ce qui est nécessaire, une colonne avec son cha-
piteau et les morceaux de soffite, de frise, d'entable-
ment, de corniche qu'elle supportait. N'est-ce pas ce qui
a été fait avec succès, quand on a rétabli sur la basilique
Julia un des pilastres de sa façade? Il suffit, pour se
faire une idée du monument, de répéter par la pensée le
même motif autant de fois que l'édifice avait de colonnes et
de continuer la frise ornée partout des mêmes sujets, ou
de se figurer, courant d'un pilastre à l'autre, les cintres
dont on voit la naissance à droite et à gauche du pilastre
qui a été redressé.

Il ne s'agit pas, remarquons-le bien, de restaurer, encore
moins de reconstruire les monuments du Forum, mais de
laisser, sur les édifices en ruines, les fragments d'architecture qui en proviennent en leur restituant, si cela est pos-

sible, leur valeur. Reconstruire un monument antique,
c'est une utopie dangereuse ; c'est rendre définitives et
irréformables les idées et les erreurs de celui qui a conçu
la restauration. Ces œuvres ne doivent se faire que sur le
papier : il est possible alors de les critiquer et de les améliorer, de les faire profiter d'un nouveau fragment trouvé
au hasard des fouilles, de la découverte d'un dessin exé-
cuté par quelque architecte de la Renaissance, en un temps
où le monument était mieux conservé qu'aujourd'hui.

Mais arrivons aux fouilles.

Je passerai rapidement sur les découvertes moins importantes : un prolongement de la tribune qui portait une
inscription à Ulpius Junius Valentinus, préfet de Rome
vers 470, et, peut être aussi, des rostres, trophée de quelque victoire navale remportée sur les Vandales de Gen-
séric pendant la campagne de 468 ; une inscription inté-
ressante pour la topographie de Rome, car elle mentionne
des travaux à exécuter dans divers quartiers de la ville
vers la fin de la République ; les voûtes qui soutenaient
le grand escalier du temple de Saturne ; plusieurs égouts ;
les débris d'un édifice restauré par Antonin le Pieux non
loin de la Regia ; un des cippes d'une délimitation de la
rive du Tibre : la statue d'une Vestale ; de nombreux
marbres sculptés, débris de la basilique Aemilia et du
temple de César, des inscriptions, des fragments de pote-
ries antiques et du moyen âge, des menus objets, etc.

Devant la basilique de Constantin et devant le temple
d'Antonin et de Faustine, sous une rue du moyen âge que
l'on croyait antique, est apparu, à une profondeur de

4

1^m,5o, le pavé très bien conservé de la voie sacrée. La même fouille dégageait, au bas de l'escalier monumental du temple d'Antonin, trois hauts degrés qui ajoutent à la majesté de ce bel édifice.

Entre ce même temple et la basilique Aemilia, les ouvriers de M. Boni ont déblayé un portique avec dédicace à Lucius Caesar. On sait qu'Auguste adopta, pour leur transmettre l'Empire, Lucius et Gaius Caesar, ses petits-fils. Mais ces jeunes princes moururent à la fleur de l'âge, dans des circonstances si mystérieuses que les historiens laissent monter jusqu'à l'impératrice Livie le soupçon d'un crime. Auguste en fut inconsolable et leur dédia plusieurs monuments ; entre autres un portique que l'on savait être sur le Forum mais dont l'emplacement précis n'était pas connu. C'est sans doute celui qui vient d'être retrouvé.

Les découvertes plus dignes de notre attention ont été faites en trois endroits : au temple de Vesta, au prétendu tombeau de Romulus, à la Regia et au temple de César.

Le temple de Vesta. — On sait que, du temple de Vesta, il ne reste qu'une substruction circulaire que l'on croyait massive. Quand on y mit la pioche afin de reconnaître les traces des différentes reconstructions, on fut tout surpris de rencontrer une chambre souterraine dont les murs sont construits partie en pierre de taille, partie en briques. Était-ce enfin le *Penus Vestae?* ce nom désigne un endroit très secret où les Vestales tenaient cachées à tous les

regards plusieurs choses sacrées, gages de la protection
des dieux, entre autres les pénates troyens rapportés par
Énée et le *Palladium* sur lequel personne, même le souverain
pontife, ne pouvait arrêter les yeux sans être immédia-
tement frappé de cécité par la colère divine. Mais peut-
on croire que cette fosse, de 2^m,5o de côté et de 8o cen-
timètres de profondeur, ait été le sanctuaire sacro-saint des
reliques d'où dépendait le salut de la ville éternelle? Mieux
vaut, je crois, adopter une opinion présentée par M. Huelsen : une seule fois par an, au jour marqué dans le calendrier,
le 15 juin, on enlevait du temple de Vesta les cendres et
les résidus du feu sacré. Il fallait donc les garder toute
une année, et le feu brûlait sans interruption. Un tel dé-
pôt ne pouvait guère être dissimulé dans ce temple rond,
de petites dimensions, sans aucun recoin; il est donc permis de croire qu'il s'accumulait dans cette fosse. Ce détail
semble peu important, mais il ajoute à ce que nous savons
de la vie des Vestales, et, par ce côté, il a son intérêt.

Le prétendu tombeau de Romulus. — Le premier roi de
Rome, personne ne l'ignore, fut enlevé au ciel à la faveur
d'une tempête. Il y eut cependant à Rome, au moins pendant la république, sur le *Comitium*, un lieu que, par tradition, on appelait le *Tombeau de Romulus*. Mais Romulus
s'étant dérobé, son père nourricier, le berger Faustulus,
y avait été inhumé à sa place. Ce tombeau s'appelait aussi
lapis niger parce qu'il était marqué d'une pierre noire;
un, ou plutôt deux lions en pierre le gardaient.

En janvier dernier, en face de l'église Saint-Adrien, à un
mètre au-dessous d'une voie regardée à tort comme an-

tique, qui se dirige vers l'arc de Septime Sévère, on rencontra un espace rectangulaire, de $3^m,75$ sur $3^m,45$, pavé de marbre noir et entouré d'une bordure de travertin. On crut avoir trouvé le *lapis niger*, quoique cette expression, surtout appliquée à un tombeau, semble désigner une dalle plutôt qu'un pavage. Les lions seuls manquaient.

Le respect d'un lieu si vénéré arrêta quelque temps les fouilles en cet endroit; cependant elles furent reprises au commencement du mois de mai, et bientôt, à $1^m,40$ plus bas, se montrèrent des soubassements en tuf, formant trois côtés d'un rectangle dont les deux côtés parallèles, longs de $2^m,66$ et larges de $1^m,30$, ont un écartement de 1 mètre. Que peuvent être, murmurait à quelques-uns le patriotisme romain, que peuvent être ces deux côtés parallèles, bien travaillés, ornés d'une moulure archaïque, sinon les bases des deux lions? Le tombeau de Romulus était retrouvé.

Mais une objection se présente : le pavé noir n'est pas au même niveau que les soubassements et les recouvre en partie ; il est par conséquent plus récent ; nous avons donc là les débris d'un édifice abandonné, et le pavé noir établi au-dessus est un de ces lieux sacrés, comme il y en avait tant à Rome, protégé contre les profanations par sa bordure de travertin.

Quant aux soubassements, pour leur donner une attribution, il faudrait être bien fixé sur leur emplacement qui ne me semble pas encore déterminé avec une complète certitude. Sont-ils sur le Forum ou sur le Comitium? ou sur la limite de ces deux places? Si cette dernière hypothèse est jamais démontrée, on pourra se demander si l'on n'a pas rencontré les restes de l'ancienne tribune de la République, sans oublier toutefois que d'autres monuments, également d'une haute antiquité, peuvent se trouver dans ces parages : la *Graecostasis*, le *Senaculum*, et peut-être aussi le sanctuaire de *Venus Cloacina*, connu par un type monétaire qui ne paraît pas trop répugner à cette attribution.

A côté de ces substructions s'élèvent une pierre conique sur une base, et une stèle pyramidale portant une inscription qui, par ses formes grammaticales, son alphabet archaïque, sa disposition βουστροφηδόν, remonte à une haute antiquité; c'est un des textes latins gravés les plus anciens que l'on possède en original. Tout autour étaient répandus des cendres, des statuettes votives très archaïques, des fragments d'*aes rude*, des ossements d'animaux, indices d'un sacrifice. Quoique connu depuis le mois de mai seulement, ce texte a donné lieu à bien des polémiques; on a discuté, sans s'entendre, et sa date et les conséquences qui en résulteraient; les *amœnitates philologicae* n'ont pas toujours été ménagées.

Pour nous, soyons prudents, et, avant de risquer une hypothèse sur tout cet ensemble de monuments certainement très antiques, attendons que des fouilles plus étendues aient apporté de nouveaux éléments et que, chose difficile, les philologues se soient définitivement mis d'accord sur la date de l'inscription.

La Regia et le temple de César. — La construction de la *Regia* est attribuée au pieux roi Numa. Ce fut, jusqu'à Auguste, la demeure du Pontifex maximus, et, en tout temps, le centre de son administration, le lieu de réunion du collège des pontifes. C'était un édifice consacré qui renfermait des chapelles vénérées : le sanctuaire d'*Ops Consiva* où, seuls, le *Sacerdos publicus* et les Vestales avaient le droit d'entrer ; la chapelle où étaient déposées les lances de Mars ; lorsque ces armes s'agitaient, c'était un mauvais présage qu'il fallait conjurer par des sacrifices. Sur les murs extérieurs du monument étaient gravés les fastes consulaires et les fastes triomphaux. La Regia fut découverte en 1878, mais ses substructions restèrent à peine apparentes à la surface du sol ; on n'en connaissait guère que l'emplacement. Les fouilles récentes les ont dégagées ; il est facile maintenant de se rendre compte de sa disposition intérieure, de reconnaître les deux sanctuaires que nous venons de mentionner et d'autres parties de l'édifice.

En sa qualité de souverain pontife, César habitait la Regia. C'est là qu'il passa sa dernière nuit troublée par de funestes présages et par des songes de mauvais augure. Au milieu de la nuit, la fenêtre et la porte de la chambre où il dormait s'ouvrirent à grand bruit, les lances de Mars s'entre-choquèrent avec violence ; Calpurnia, sa femme, rêva que le faîte de la maison s'écroulait. Ces faits ne sont pas légendaires ; nous avons là les indices d'un tremblement de terre, chose assez fréquente à Rome. Le jour des ides de Mars parut. Malgré les avis contraires, César prit la résolution d'aller au Sénat. Il faiblissait cependant devant les prières de Calpurnia plus accessible que lui aux craintes superstitieuses, quand un des conjurés, son ami naturellement, vint le chercher et le décida au départ. Nous pouvons le suivre pendant sa route sur le Forum : sortant de la Regia, César se dirigea vers le temple

de Castor ; là, tournant à droite et laissant à gauche le
vicus-Tuscus, ou rue des Étrusques, il remonta la voie
sacrée, le long de sa basilique encore en construction.
Arrivé au pied du temple de Saturne, il s'engagea, à
gauche, dans le *vicus Jugarius*, pour contourner le Capitole et la roche Tarpéienne, entrer dans le Champ de
Mars par la porte Carmentalis, et, de là, gagner la curie
de Pompée, lieu désigné pour la séance du Sénat, où l'attendaient Brutus et les conjurés.

Le meurtre de César consterna Rome. Le dictateur
avait des partisans dévoués ; il en avait acheté d'autres,
hommes politiques et sénateurs, par l'intermédiaire
d'un agent riche, habile, récemment naturalisé, qui s'appelait Cornelius Balbus ; ses ambitions ne déplaisaient
donc pas à tous. La vieille constitution romaine, si forte
autrefois parce qu'elle consacrait le respect des droits et
de la liberté de chaque citoyen, parce qu'elle vivait dans
les consciences plus que dans des textes écrits et bien
coordonnés, avait, sous Sylla, reçu de rudes atteintes. Au
temps de la dictature de César, elle n'était plus guère
qu'un souvenir. Les discordes civiles, les arrestations arbi-
traires, les proscriptions, les meurtres s'étaient multipliés ;
on en craignait le retour, et non sans raison, comme le
démontra le second triumvirat.

Les Romains étaient avides de paix, mais trop divisés
pour s'entendre ; les volontés étaient trop affaiblies, les
énergies trop usées pour entreprendre de restaurer les lois ;
instinctivement on appelait un sauveur. Avec César dispa-
raissait le sauveur un moment espéré. Les conjurés avaient
conscience de la défaveur qui peut-être les menaçait. Au lieu

de profiter de la première émotion pour s'emparer hardiment du pouvoir et appeler le peuple à la liberté, ce qui aurait pu leur réussir, ils s'enfermèrent au Capitole sous la garde d'une bande de gladiateurs. Les Sénateurs, délibérant dans le temple de la Terre, sous la pression des vétérans de César qui les cernaient, n'osèrent blâmer personne, ni les conjurés, ni la victime. Antoine, rassuré, mit à profit le temps qu'on lui laissait. De là cette veillée de tout un peuple en armes autour des rostres où le cadavre du dictateur avait été déposé, le discours enflammé, les chants, la mise en scène par lesquels Antoine surexcita les passions de la foule ; et, le lendemain, sur l'area du Forum, devant la Regia, ces funérailles populaires et ce bûcher improvisé, où les soldats vinrent jeter leurs armes de luxe, leurs récompenses militaires et leurs couronnes ; les femmes, leurs bijoux, les bulles d'or et les robes prétextes de leurs enfants. Tout cela n'alla pas sans troubles graves ; le sang coula et la troupe eut fort à faire pour protéger les maisons et les personnes des conjurés.

Là où avait été consumé le corps de César — ceci va nous ramener aux fouilles récentes — le peuple dressa une colonne massive, en marbre de Numidie, haute de vingt pieds et portant cette inscription : *Au père de la patrie ;* à côté de la colonne s'éleva un autel près duquel on prit l'habitude de venir offrir des sacrifices à César, de faire des vœux, de terminer des procès en jurant par son nom. Un aventurier nommé Amatius, esclave fugitif, qui s'était rendu populaire en usurpant le nom et la descendance de Marius, avait pris la direction de ce culte non autorisé. Il fut mis à mort sans procès. Puis le consul Dolabella, gendre de Cicéron, reconquit pour un instant les bonnes grâces de son beau-père en renversant l'autel et la colonne. De graves émeutes, réprimées par la force, s'ensuivirent. Le peuple, les vétérans de César qui avaient pris l'habitude de manifester autour de la colonne, réclamaient le rétablissement de l'autel et un sacrifice expiatoire offert par les magistrats. En vain des esclaves pris sur le fait furent mis en croix et des citoyens précipités de la roche Tarpéienne; l'agitation continua. Le Sénat était convoqué pour le premier juin, la séance promettait d'être orageuse et Cicéron s'alarmait de voir des vétérans, accourus des villes d'Italie, organiser pour ce jour-là une grande manifestation.

Peu de temps après, les triumvirs décrétèrent qu'un temple serait élevé à César déifié, à l'endroit même où avait été dressé son bûcher; que ce temple jouirait du droit d'asile; que tous les actes du dictateur seraient ratifiés, son image portée dans les processions à côté de celle de Vénus sa mère; que le jour de sa naissance serait férié et néfaste celui de sa mort; que les ides de mars seraient appelées parricides, et le monument souillé par le meurtre, déshonoré.

Le culte de César était donc légalement établi et Octave s'acheminait vers l'Empire. Il est inutile de faire disparaître un homme politique, quand, avec lui, on ne peut pas supprimer l'idée populaire qu'il représente; c'est un enseignement de l'histoire.

Les fouilles du printemps de l'année 1872 ramenèrent à la lumière, non le temple de César, mais le soubassement élevé qui le supportait. Le monument lui-même, con-

struit tout entier en marbre, avait été jeté dans les fours
à chaux du moyen âge, ou employé à la construction des
palais de la Renaissance. Au centre de ce soubassement,
sous la façade du temple, était ménagée une dépres-
sion semi-circulaire. Pourquoi ne fut-elle pas déblayée
en 1872? Je l'ignore, mais son existence était connue, car
la partie supérieure de son revêtement était visible. Quand,
il y a quelques mois, les terrassiers enlevèrent la terre et
les débris qui l'obstruaient, ils trouvèrent une chambre
semi-circulaire, découverte, avec un large dallage en marbre,
et, au centre, une base ronde, dépouillée du marbre dont
jadis elle était revêtue : base de statue, de colonne ou d'autel ; car ce sont les seules hypothèses qui puissent se pré-
senter à l'esprit.

On ne peut guère admettre que là ait été la statue de
César. Les historiens font mention des statues érigées au
nouveau dieu ; aucun n'en signale une au pied de son
temple. Ce serait donc une hypothèse gratuite.

Aurait-on redressé autrefois la colonne renversée par
Dolabella? Aucun texte, aucun monument figuré n'au-
torise cette opinion, et, même si elle était admise, est-il
permis de croire qu'on aurait placé au pied d'un temple,
devant sa façade qui, comme on le sait, servait de tribune,
une colonne haute de 7 ou 8 mètres?

Reste l'autel. Deux témoignages anciens attestent que
l'autel fut relevé.

Nous savons par Suétone que, au troisième anniversaire
de la mort de son père adoptif, c'est-à-dire le 15 mars de
l'an 41 av. J.-C., Octave immola, devant l'autel de César,
plusieurs des prisonniers de guerre faits à Pérouse. Il est

donc probable que, l'année précédente, en même temps que la construction du temple, les triumvirs avaient décrété le relèvement de l'autel réclamé par le peuple.

Enfin une monnaie d'or d'Auguste, de l'an 33 av. J.-C., offre comme type un temple dont la frise porte l'inscription : *Au divin Jules*, et le fronton, une étoile. C'est bien le temple de César; or, à côté du temple — le champ restreint de la pièce n'ayant pas permis de représenter le soubassement — figure un autel.

La base qui vient d'être retrouvée est donc celle de l'autel élevé à César par le peuple, renversé par Dolabella, et redressé, un an plus tard, par Octave et les triumvirs.

Tous les ouvriers de M. Boni sont en ce moment sur le côté nord du Forum, occupés au déblaiement de la basilique Aemilia; c'était un des plus beaux monuments de Rome, restauré par Auguste avec magnificence. L'intention de M. Guido Baccelli est de poursuivre les fouilles sur tout le côté nord du Forum, jusqu'à Saint-Adrien. Nous les suivrons, comme les précédentes, avec une grande sympathie. C'est un fait qu'il est bon de noter : chaque fois qu'il survient en Grèce ou en Italie, à Delphes ou à Olympie, au Palatin ou au Forum, une importante découverte archéologique, tous, en France, nous voulons la connaître, nous nous en informons avec le plus vif intérêt. C'est que, à ces nouvelles, notre génie gréco-latin s'éveille; nous comprenons que ces découvertes ne sont pas seulement grecques ou italiennes, mais aussi qu'elles sont nôtres, parce que nos origines y sont mêlées. Nous avons raison; restons fiers de nos ancêtres Grecs et Latins; plus qu'aucune race moderne, ils ont eu le souci de la vigueur et de la beauté viriles, ils ont préparé les jeunes hommes aux triomphes de la force ; mais leurs artistes, leurs écrivains, leurs penseurs menaient le monde à la conquête de l'idéal. N'abandonnons donc pas nos vieilles traditions françaises, et, même en ce temps où tout semble s'orienter vers des horizons nouveaux, sombres d'inconnu, espérons encore que les prochaines générations seront, comme la nôtre, fidèles à l'amour des lettres grecques et latines, au culte de nos aïeules vénérées, Athènes et Rome.

BIBLIOGRAPHIE

HUELSEN, *Die neuen Ausgrabungen auf dem Forum Romanum*. Extrait du *Jahrbuch des kaiserlich deutschen archaeologischen Instituts*, t. XIV (1899), 1ʳᵉ livr.

HUELSEN, *Neue Funde auf dem Forum Romanum*. Extrait du *Berliner philologischen Wochenschrift*, 1899, nᵒˢ 31-32.

BORSARI, *Il foro romano e le recenti scoperte*, dans *Rivista d'Italia*, 1899, nᵒ 1 ; cf. *ibid.*, nᵒ 7, et *Rivista politica e letteraria*, février 1899.

G. BONI, G. F. GAMURRINI, G. CORTESE, L. CECI, *Stele con iscrizione latina arcaica*. Extrait des *Notizie degli scavi*, mai 1899.

LANCIANI, *I nuovi frammenti della forma Urbis*, dans *Bullettino della commissione archeologica comunale di Roma*, janvier-mars 1899.

G. GATTESCHI, *La basilica Emilia al Foro romano*, dans *Bullettino... comunale*, avril-juin 1899.

G. GATTI, *Notizie di recenti trovamenti di antichita, ibidem.*

G. MAES, *Lacus Curtius non tomba di Romolo*, 1899, in-4ᵒ.

Abbé DUCHESNE, *Comptes rendus de l'Académie des Inscriptions et Belles-Lettres*, 1899, p. 113, 339, 362.

Abbé HENRY THÉDENAT, *Comptes rendus de l'Académie des Inscriptions et Belles-Lettres*, 1899, p. 134, 173, 199, 325, 341, 459.

Notizie degli scavi, 1899, p. 10, 49, 77, 128, 200. — *Rendiconti dei Lincei*, 1899, p. 39, 48, 60, 99, 147, 192, 250, 286. — *Bullettino comunale*, 1898, p. 339 ; 1899, p. 51.

LES
ABERRATIONS DE LA NOTION DU TEMPS

DANS LES

LÉGENDES DU MOYEN AGE

PAR

M. GEBHART

MEMBRE DE L'ACADÉMIE DES SCIENCES MORALES ET POLITIQUES

MESSIEURS,

Il serait doux de vivre sur cette terre si l'obsession, chaque jour plus impérieuse, du Temps qui se dérobe et fuit et jamais plus ne reviendra n'étendait sur l'heure présente une ombre mélancolique. « Tout s'écoule et rien ne demeure », disait avec une grande tristesse Héraclite d'Éphèse et il ajoutait : « Le même homme ne se baigne pas deux fois dans le même fleuve. » Être emporté par le torrent qui entraîne toutes choses, sans pouvoir s'attacher une seule minute à la rive, rouler vers l'Océan mystérieux dont la rumeur se rapproche et gronde toujours plus

haute et se sentir la proie de ce fantôme insaisissable, in-
fatigable, le Temps, c'est la loi de la nature et le destin
de la vie. En vain nous fermons les yeux pour ne point
voir l'universelle mobilité, le déclin rapide de toute œuvre
humaine, la chute de toutes les fleurs et de toutes les
feuilles, la venue lente, fatale, du crépuscule, de l'oubli, du
grand silence, c'est en nous-mêmes que se manifeste avec
le plus d'éclat l'action implacable du Temps, car il est la
trame sur laquelle repose la série de nos sensations et de
nos pensées et, comme les objets matériels ont pour con-
dition nécessaire l'Espace, les actes de notre vie spiri-
tuelle se précisent en claires visions de conscience par le
concept même du Temps, qui impose une forme ration-
nelle aux intuitions vagues du sens intime. Il faut donc
que l'humanité souffre avec bonne grâce l'étreinte du
Temps; les philosophes ont, pour s'y résigner, la métaphysique de Kant; les chrétiens méditeront la sentence du
Psalmiste : *Goûter un peu de miel et puis mourir* et les lati-
nistes, derniers débris d'une race qui s'éteint, vieilliront
avec élégance en soupirant la plainte d'Horace :

> *Eheu! fugaces, Postume, Postume,*
> *Labuntur anni!...*

Il fut cependant une époque, déjà bien lointaine, où
les hommes caressèrent ce rêve étrange : échapper à la
Loi du Temps. Ils crurent qu'il était possible à quelques
âmes excellentes de rompre toute relation entre notre
propre durée et la durée des choses extérieures, d'arrêter
et de fixer notre vie, d'empêcher le présent de se fondre

incessamment dans le passé, d'entraver la marche de
l'avenir. C'était un miracle, mais alors le monde traînait
un si lourd fardeau de misères que seule l'attente du
miracle le consolait et l'aidait à vivre. Le moyen âge ne
s'étonna point de cette violation de l'ordre naturel. Il mit
toute sa complaisance à créer de merveilleuses aventures
où l'homme triomphait du Temps et faisait reculer la Mort.
Les traditions relatives au séjour de nos premiers parents
dans le Paradis terrestre furent peut-être l'inspiration ini-
tiale d'une multitude de légendes dont la fantaisie chro-
nologique est bien singulière. Le silence de l'Écriture
sainte autorisa les supputations les plus contradictoires.
Selon saint Jean Chrysostome, Adam et Ève ne demeurèrent pas un seul jour entier sous les ombrages de l'Eden,
si grande fut leur hâte de désobéir à Dieu; pour d'autres
théologiens, ils y vécurent bien heureux et très purs sept,
ou quinze, ou vingt-huit, ou même cent années, et
cinq cents ans selon les Musulmans. Ces chiffres n'ont, à
la vérité, rien de miraculeux, puisque le premier couple,
immortel dès la vie terrestre, ne devait point connaître la
vieillesse. Le prodige n'apparaît que dans un fait assez
imprévu, dénoncé par les théologiens de l'Islam. Adam
aurait résisté quatre-vingts ans à la prière d'Ève qui, de sa
petite main blanche, lui présentait la pomme maudite.
Que la première femme ait eu quatre-vingts ans de persé-
vérance à satisfaire son caprice, soit; mais que le premier
époux, le premier amant, candide et faible, tout aussi
longtemps ait répondu : non! c'est ici, je crois, que le
miracle commence.

L'histoire des *Sept Dormants,* qui est à la *Légende Dorée,* nous présente, en sa forme toute primitive et populaire, le phénomène à la fois psychologique et mystique que j'étudie. Ces jeunes gens, compatriotes d'Héraclite, donnèrent à la maxime du vieux sage un curieux démenti. L'empereur Décius — l'empereur de Polyeucte — ayant décidé que tous les citoyens d'Éphèse, sa résidence favorite, sacrifieraient aux faux dieux, sept frères, bons chrétiens, mais un peu timides, après avoir partagé leur patrimoine entre les pauvres de la ville, allèrent se cacher dans une caverne du mont Célion. Chaque jour, l'un d'eux, Malchus, descendait de la montagne pour acheter un pain. Un beau soir, « comme ils conversaient en pleurant », ils s'endormirent tous les sept. Leur sommeil dura, selon la tradition, trois cent soixante-douze années. Pendant ce temps, l'histoire du monde suivit son cours et l'orient, comme l'occident, embrassa l'Évangile. Un matin nos dormeurs se réveillèrent, persuadés qu'ils avaient fait simplement un bon somme, durant toute une nuit. Malchus descendit pour acheter le pain du jour. Il fut très surpris de voir la croix dressée sur les portes d'Éphèse et, dans les rues, sur les places, dont la figure lui paraissait bien changée, des églises. « Il se crut le jouet d'un songe. » Il entra chez un boulanger. Cet homme refusa la monnaie marquée à l'effigie de Décius, et prétendit que Malchus « avait trouvé un trésor des anciens empereurs ». Le jeune homme se recommanda des personnes de sa famille. Le souvenir même de leur nom était aboli. Il pria qu'on le conduisît à l'empereur Décius : on crut qu'il était fou. Enfin Éphèse tout entière, l'évêque, saint Martin, le proconsul, les clercs, les magistrats, la foule du peuple

s'achemina vers la grotte du Célion. Les six frères de
Malchus y attendaient tranquillement leur pain quotidien,
et « leurs visages étaient fleuris comme des roses, *facies
eorum tanquam rosas florentes* ». On avertit Théodose II;
l'empereur accourut de Constantinople avec ses théologiens. Quand il pénétra dans la caverne miraculeuse, le
visage des jeunes hommes « resplendit comme le soleil ».
Le maître de l'orient embrassa les frères et fondit en
larmes. « Je crois voir, dit-il, Lazare ressuscitant. » Et
alors, sous les yeux de Théodose, les *Sept Dormants*
d'Éphèse s'étendirent de nouveau sur leur couche sécu-
laire et leurs sept charmantes petites âmes prirent leur
vol vers le Père céleste.

Le bon évêque Jacques de Voragine, un Italien ami des
chiffres justes, à la fin de son récit, calcule gravement
qu'entre Décius et Théodose il s'écoula moins de deux
siècles. Il n'accorde donc aux sept dormeurs que 196 années
de sommeil. L'empereur Frédéric Barberousse rêve depuis
bien plus longtemps encore dans les entrailles du Kiffhaeu-
ser; mais sa légende, d'origine chevaleresque et roman-
tique, n'a point la valeur morale du miracle d'Éphèse.

Une victoire plus belle encore, remportée sur le Temps,
la jeunesse indéfiniment prolongée, non plus par le sommeil, mais par l'extase, reparaît très souvent dans les
légendes monacales du moyen âge. La plus fameuse de ces
légendes, renouvelée maintes fois, même par les modernes,
est celle du moine Félix, un cistercien allemand d'esprit
trop subtil, qui vint à douter des joies éternelles.
« L'éternité, pensait-il, c'est bien long, et l'on doit s'en-
nuyer au Paradis. » Il était sorti du monastère, à l'aurore,

méditant avec angoisse sur ce douloureux problème,
quand un oiseau, plus blanc que la neige, se mit à chanter
dans les branches d'un arbre, et son chant était d'une si
pénétrante suavité que Félix, se croyant au Paradis, cou-
rut à l'arbre, étendit les bras et voulut s'emparer du chan-
teur. Mais l'oiseau s'enfuit à tire-d'aile et le moine, attristé,
le vit s'évanouir dans l'azur du ciel. A ce moment, la
cloche au loin sonnait matines : le cénobite se hâte de
retourner au couvent. Mais le portier ne le reconnaît point
et l'arrête sur le seuil. Félix parle de l'oiseau blanc et le
portier lui rit au nez. L'abbé, les pères, les frères, les
novices, défilent devant lui. Il a beau répéter : « Voilà qua-
rante ans que j'habite en votre cloître. » On le prend pour
un vagabond. Enfin un très vieux moine, plus que centenaire, qui était en train de mourir, se souvint qu'au
temps de son noviciat on parlait encore d'un frère Félix
qui, un matin de printemps, était parti et jamais n'était
rentré. On compulsa les registres de la maison, et l'on
trouva le jour, l'heure et la minute de la sortie de Félix.
Le moine avait écouté chanter l'oiseau pendant cent ans,
entre l'aurore et la cloche de matines. Il mourut le soir
même, tout à fait rassuré à l'égard du Paradis.

Renversez ce miracle. Voici la suprême illusion : une
vie très longue, faite de songes mystiques ou d'action
énergique, contenue tout entière en une minute ou deux
tout au plus. Ce fut l'histoire de Mahomet qui, dans le
moment qu'une cruche d'eau, renversée sur le pavé de sa
cellule par l'aile d'un ange, s'écoulait jusqu'à la dernière
goutte, ravi au plus haut des cieux, eut avec Dieu
90 000 conversations fort intéressantes. Un récit du

Novellino nous laisse entrevoir l'œuvre de la magie en une aventure tout aussi merveilleuse. Un jour trois nécromants se présentent à l'empereur Frédéric II, qui les accueille gentiment et les invite à montrer les secrets de leur àrt. Ces hommes provoquent sur-le-champ un orage épouvantable, avec tonnerre et grêle « semblable à des champignons d'acier », ils reçoivent un présent et demandent à l'Empereur de leur prêter l'escorte d'un chevalier pour sortir sans péril du château. Frédéric leur donne le comte Boniface, puis, avec les seigneurs de sa cour, se lave les mains avant de se mettre à table. Les nécromants emmènent Boniface au fond de l'Asie, à travers des villes magnifiques où il assiste à des tournois féodaux. Le chevalier livre des batailles rangées au nom de ses nouveaux patrons, gagne des provinces, fonde un royaume, se marie, élève plusieurs fils, et l'aîné jusqu'à sa quarantième année. Enfin, se sentant vieillir et désireux de revoir une dernière fois l'Empereur, « qui doit être, dit-il, bien changé », il s'achemine vers l'occident, débarque en Italie et gravit, fort ému, les degrés du château. Frédéric et ses chevaliers achevaient de se laver les mains, avant de se mettre à table. Le comte Boniface avait cru vivre près d'un demi-siècle dans l'espace de cinquante pas, aux côtés des mystérieux magiciens.

Ces légendes ne sont point des fantaisies poétiques, des inventions de lettrés. Nos vieux ancêtres ont eu foi en ces prodiges. Nous pouvons donc en rechercher les raisons psychologiques. J'y aperçois d'abord l'effet d'une préoccupation constante des choses surnaturelles. Mais cette explication n'est elle-même que provisoire. Il faut pénétrer plus avant dans le génie métaphysique et la conscience religieuse du moyen âge. La philosophie de cette époque a tenté une œuvre que la sagesse antique avait à peine entrevue, l'analyse de l'âme et de l'esprit de Dieu. L'une des plus remarquables doctrines de saint Thomas est cette idée profonde que, pour Dieu, le Temps, c'est-à-dire la succession, dans le passé et dans l'avenir, n'existe pas. Si Dieu se souvenait du passé et ignorait l'avenir, sa raison serait semblable à celle de l'homme et sa connaissance irait croissant selon le développement de sa propre création. Ce serait une imperfection. Pour Dieu, le passé et l'avenir sont un présent immobile, une vision éternelle. Que ce dogme soit difficile à comprendre, je n'y contredis point. Mais la philosophie a ses mystères, elle aussi, que notre intelligence découvre, mais qu'elle ne peut pénétrer. Or, ce qui fit la force morale et la noblesse religieuse des chrétiens du moyen âge, c'est l'espérance qu'ils eurent d'imiter Dieu et de participer, dès cette vie, à la pureté de l'âme divine. De là, l'héroïsme des ascètes, la charité des saints, la tendresse et la joie de saint François d'Assise, une humanité idéale que le monde ne reverra plus : *Mundo erant alieni, sed Deo proximi.* De là ce livre, œuvre d'un moine inconnu, sur les pages duquel se pencha amoureusement la chrétienté attendant l'aube du jour de Dieu. Si l'homme peut être ici-bas comme une image de Jésus, pourquoi quelques élus ne goûteraient-ils point aux privilèges du Tout-Puissant et, délivrés d'une loi inexorable, épargnés par le Temps, inviolables à la durée, ne recevraient-ils point sur cette terre la contagion de l'Éternité?

LE
VOYAGE EN ITALIE

DE

M. DE VANDIÈRES

ET DE SA COMPAGNIE

(1749-1751)

PAR

M. HENRY ROUJON

MEMBRE DE L'INSTITUT
DÉLÉGUÉ DE L'ACADÉMIE DES BEAUX-ARTS

MESSIEURS,

Vous n'avez pas manqué d'approuver les heureux changements accomplis en ces derniers mois dans les installations du musée de Versailles. Un conservateur, qui apporte à sa fonction le scrupule d'un historien et l'ardeur d'un poète, veut replacer ceux qui vécurent les drames du passé parmi les débris encore délicieux de l'ancien décor. Dans une salle des appartements du rez-de-chaussée on admire un portrait de Tocqué, d'allure magnifique. C'est celui d'un homme très jeune, à la figure avenante et loyale, en habit d'apparat, le cordon bleu en sautoir ; une de ces effigies somptueuses qui résument un caractère et une destinée. Le modèle qui posa devant Tocqué est Abel-François Poisson, successivement Sieur de Vandières, marquis de Marigny et de Ménars. C'est le frère cadet de la marquise de Pompadour, son « frérot » ou, comme elle disait encore, « le cher bonhomme », dont elle fit un directeur et ordonnateur général des bâtiments, jardins, arts, académies et manufactures royales.

Hâtons-nous de déclarer qu'elle ne fit jamais rien de mieux, ni même d'aussi bien, dans sa vie.

L'origine d'Abel-François Poisson était moins que médiocre. Il sortait d'une bourgeoisie suspecte et véreuse. Le père, ancien commis des Pâris, compromis dans de louches affaires de subsistances, avait risqué la potence et pris la fuite ; la mère était galante jusqu'au scandale. Remettre sa famille en état ne fut pas un des moindres triomphes de Mme de Pompadour. Elle obtint à son père des lettres de noblesse, sans insister, reconnaissons-le, pour qu'il vînt les montrer à Versailles. Pour son frère elle rêva toutes les fortunes. Abel-François fut admis à la Cour au sortir du collège. Il plut au roi par sa jolie prestance et sa bonne humeur. « Votre frère est de la maison, disait Louis XV ; qu'on mette un couvert, nous dînerons tous trois ensemble. » L'enfant gâté eut la capitainerie de Grenelle et le nom de Vandières, en attendant mieux. Le mieux, c'était la Direction des bâtiments. Cette charge, une des premières du royaume, appartenait, depuis 1745, à M. Le Normant de Tournehem, oncle par alliance de Mme de Pompadour, plus proche parent peut-être encore, au dire des calomniateurs ou des médisants. En dépit d'une avidité restée légendaire, la favorite savait l'art de ne rien brusquer. « J'étais née réfléchissante », dit-elle quelque part. Confier du premier coup à ce gros garçon de dix-neuf ans, souriant et réjoui, le gouvernement des choses de l'art lui parut une gageure hasardeuse. Elle avait trop de tact et connaissait trop bien les artistes pour leur imposer à la légère un maître de sa façon. Elle ne montra d'abord Vandières que comme un simple survivancier de Tournehem, avec promesse de succession. Puis, par un sage calcul dont il sied de lui tenir compte, elle mit le surintendant futur en apprentissage. Elle voulut, et la pensée n'est point vulgaire chez cette femme omnipotente, que le favori justifiât sa faveur.

Ce petit marquis « d'avant-hier », comme l'appelaient les mécontents, était le contraire d'un sot. Il avait grandi dans un monde mêlé où l'on bavardait volontiers sur les questions d'art. Il possédait quelques-unes des étonnantes facultés d'assimilation de cette sœur, si richement douée, qui avait appris le chant avec Jéliotte, la danse avec Guibaudet, la déclamation avec Crébillon et qui maniait le burin sans maladresse. Il avait du bon sens et de la modestie. Mais, à vrai dire, il ne savait rien. La marquise résolut de lui faire tout apprendre.

Un voyage en Italie apparaissait déjà comme le stage obligatoire de tout amateur et de tout artiste. L'idée d'envoyer son frère au delà des monts dut venir naturellement à l'esprit de la favorite. Probablement aussi lui fut-elle suggérée par son conseiller le plus compétent et le plus avisé, le graveur Charles-Nicolas Cochin (1).

C'était l'un des hommes les plus habiles et les plus intelligents de ce temps où l'on dépensait tant d'esprit dans l'art de parvenir. Dessinateur, graveur, écrivain à ses heures et de la meilleure veine, Cochin menait sa fortune en homme de cour. Il avait gagné la confiance de Mme de Pompadour et obtenu chez elle « ses entrances ». Il lui enseignait l'eau-forte, en même temps que Boucher le dessin et Gay le travail du touret. Cochin avait ses idées à lui, mille vues personnelles et originales et des projets de derrière la tête, non seulement sur son métier de graveur, mais sur les arts et les industries; toute une philosophie du luxe occupait sa pensée.

Si la marquise lui proposa d'elle-même d'accompagner son frère en Italie, nul doute qu'il n'ait accepté d'enthousiasme. Mais nous le croyons fort capable d'avoir inspiré l'idée du voyage, un peu pour son propre plaisir, beaucoup pour présider à l'éducation d'un personnage dont il entendait bien diriger un jour la gestion.

Cochin fit le plan de la mission et composa la compagnie qui devait suivre M. de Vandières. Il fit choix de l'architecte Soufflot, déjà illustre, ancien pensionnaire du Roi à Rome, familier avec cette Italie qu'il appelait « le paradis des artistes ». Il s'adjoignit encore Leblanc, auteur de tragédies tombées, un abbé quelque peu brocanteur, conseiller des achats de la marquise. Leblanc venait de publier une « Lettre sur les Tableaux exposés au Louvre ». On lui

---

(1) *Les Cochin*, par S. Rocheblave. — Paris, Librairie de l'Art.

accordait, dit Cochin non sans malice, « plus de connaissance dans les arts que n'en ont communément les gens
de lettres ».

M. de Vandières et sa compagnie quittèrent Paris le
20 décembre 1749. Ils revinrent au cours de l'année 1751,
après une absence de vingt et un mois. Nous pouvons les
suivre au passage dans la correspondance de Mme de Pompadour, publiée par Poulet-Malassis. Dès sa première
halte, à Lyon, le « petit frère » recevait de la marquise une
lettre pleine de sages conseils : « Ce que je vous recommande par-dessus tout, c'est la plus grande politesse, une
discrétion égale, et de vous mettre bien dans la tête,
qu'étant fait pour le monde et pour la société, il faut être
aimable avec tout le monde ; car si l'on se bornait aux gens
que l'on estime, on serait détesté de presque tout le genre
humain. » Mme de Pompadour, on le voit, si elle confiait
à Cochin l'éducation artistique de son frère, se réservait
la morale pratique.

M. de Vandières visita d'abord Turin et Milan, Plaisance
et Ravenne, puis descendit sur Rome et sur Naples, sans
rien omettre d'essentiel et s'attardant aux meilleurs endroits. Il voyageait magnifiquement, avec le train d'un
grand seigneur, nous allions dire d'un prince du sang. Il
eut audience des têtes couronnées et sut, en ces délicates
occurrences, se conformer aux avis de sa sœur : « Je suis
convaincue qu'il n'y a que du bien à dire de tous les sou-
verains que vous verrez, mais comme la retenue ne peut
être trop grande sur les rois et leurs familles, s'il vous passait quelque idée ridicule dont votre âge est susceptible,
gardez-vous bien de jamais rien en écrire à quiconque ce

soit, pas même à moi. » Vandières parut chez le roi de Sardaigne, en fort bel équipage. Il fut reçu par le sage pontife Benoît XIV : « Je ne doute pas, lui écrit la marquise, que vous n'ayez eu grande satisfaction à baiser la mule du Saint-Père et que vous aurez gagné nombre d'indulgences. »

L'ambassadeur de France auprès du Saint-Siège était alors le duc de Nivernais ; il guida le jeune voyageur dans ce pas difficile et fut content de lui : « M. de Vandières est parti ce matin, écrit le duc au marquis de Puysieulx ; avant-hier il baisa les pieds du Pape, qui lui marqua beaucoup de bonté. Il serait à souhaiter que tous les Français qui viennent ici se conduisissent comme il a fait. Il s'y est comporté avec sagesse et modestie et circonspection, qualités fort estimables par elles-mêmes et que ce pays-ci est très enclin et assez fondé à ne pas supposer aux jeunes gens de son âge et de notre nation. »

À l'Académie de France, Vandières fut reçu par de Troy. Les feuillets encore inédits de la correspondance des directeurs, que m'a communiqués obligeamment notre savant confrère, M. Jules Guiffrey, nous renseignent à cet égard. De Troy jouissait alors à Rome des restes d'une grande situation. Il n'était plus le personnage considérable et incontesté qu'avait connu de Brosses, dix ans auparavant. « De Troy, écrivait le président dijonnais en 1739, se pique surtout de faire les honneurs de la ville aux gens de la nation ; c'est presque un seigneur. » Il tenait alors table ouverte, bureau d'esprit et de goût, « ne connaissant point de peintre au-dessus de Véronèse, si ce n'est lui-même », ajoute cette mauvaise langue de président.

En 1750, peu en faveur auprès de Tournehem, échangeant avec lui des lettres aigres-douces, de Troy, d'ailleurs mortellement atteint, se préparait à résigner ses fonctions entre les mains de Natoire. Vandières ne fut pas étranger aux négociations délicates qui s'engagèrent à ce sujet.

Le gouvernement supérieur de l'Académie de Rome était une des prérogatives de la surintendance. Vandières, prenant au sérieux ses devoirs et ses droits de survivancier, s'intéressa aux choses et aux hommes de cette grande institution. Il prit position auprès de tous : « M. de Vandières, écrivait de Troy à Tournehem, qui se rend de jours en jours le plus aimable du monde, est parfaitement bien venu dans toutes les meilleures maisons de cette ville. » Et le directeur général de répondre : « Je sais ce que vous mandez de M. de Vandières et n'en suis pas surpris. »

Toutes les occupations de notre voyageur ne furent pas aussi austères. Il était jeune et bien tourné, richement doté, frère d'une demi-reine. Tout porte à supposer qu'il ne négligea pas le côté sentimental du voyage d'Italie. Certains passages des lettres de la marquise nous donnent à songer : « On dit qu'une certaine dame Victorina a été fort bien avec vous, que cependant vous aviez envie d'une autre et que de celle-ci vous avez dit : « pre-« nons toujours ceci puisque Dieu nous l'envoie. » On ne peut refuser à M. de Vandières un aimable esprit de résignation.

Ces lettres de Mme de Pompadour sont le seul témoignage direct que nous possédions sur les péripéties de la mission. M. de Vandières lui-même n'a rien écrit à ce sujet. Les deux volumes que publia Cochin, en 1758, sous le titre de *Voyage d'Italie*, ne sauraient passer pour un récit. C'est, comme l'indique le sous-titre, un *Recueil de notes sur les ouvrages de peinture et de sculpture, qu'on voit dans les principales villes,* le calepin d'un artiste en tournée, le memorandum d'un professionnel. Rien ne rappelle au cours de ces pages, d'une simplicité un peu sèche, les lettres si brillantes et si savoureuses que le pimpant président de Brosses adressait, entre deux relais, à tous les beaux esprits de Dijon. Cette correspondance de de Brosses demeure le meilleur document sur les institutions, les mœurs et les caractères de l'Italie du XVIIIe siècle. Nul ne nous renseigne mieux que le magistrat bourguignon sur l'état des villes, les usages des sociétés, les agréments des compagnies, les manières de danser ou de chanter l'opéra, les modalités de la conversation, les dessous de la politique et de la galanterie, les intrigues d'un conclave.

D'après le programme élaboré dans les salons dijonnais, de Brosses entreprenait le voyage d'Italie pour l'amour des Muses. L'art était en réalité la seule chose que cet esprit si pénétrant n'ait jamais bien comprise. Il crut de son devoir de contempler un par un les chefs-d'œuvre ou soi-disant tels ; il visita les collections, comme on s'acquitte d'une tâche. Nous ne nous étonnons point qu'il ne juge pas l'art italien selon le *credo* d'aujourd'hui et d'après les théories qui passent provisoirement pour définitives. Nous disons seulement qu'il parle des couleurs, sinon en aveugle du moins en myope. Il a le goût bourgeois, la vision mesquine ; il met Bologne au-dessus de Florence, préfère aux portes du Baptistère « celles du château de Maisons »,

traite le Palazzo Vecchio de « grand vilain donjon », dé-
clare que la seigneurie de Sienne « n'a rien de recommandable ou du moins de curieux », s'ennuie au sein de la campagne romaine et la proclame « très laide », découvre dans la *Dispute du Saint-Sacrement* « de la sécheresse et de la monotonie ». A cela près, tout est charmant dans son livre.

Bien au contraire, Cochin demeure muet sur les mœurs du pays qu'il parcourt. C'est un artiste qui note au jour le jour les impressions qu'il a eues devant le beau. Certaines de ses émotions ne sont plus les nôtres. Mais ainsi qu'il le dit excellemment : « J'observerai que les goûts différents des plus sûrs connaisseurs peuvent apporter quelque variété dans leurs jugements. Les artistes sont sans doute les vrais juges ; si les jugements qu'ils portent ne sont pas toujours exactement les mêmes, ils ne diffèrent pas néanmoins, au point de méconnaître aucune sorte de vrai mérite. Toujours émus lorsqu'ils rencontrent le vrai beau, il n'y a de contestation entre eux que parce que chacun, suivant son goût, accorde plus d'estime à un genre de beauté qu'à un autre ; mais ceux dont la connaissance n'est pas encore assez formée ont des goûts exclusifs et décident témérairement. »

Nous n'avons pas le temps d'analyser ces notes si curieuses de Cochin. L'important est d'indiquer les conséquences de la mission qu'il dirigea. En apparence, Nicolas Cochin n'accompagnait le jeune Vandières qu'au titre d'un aimable mentor. Mais il avait résolu de lui former le goût, de lui inculquer ses idées, d'en faire le tout-puissant serviteur de l'esthétique qu'il préférait. Il y

réussit à merveille. Le long directorat qu'exerça le frère
de Mme de Pompadour, de 1751, date où la mort de Tournehem le fit titulaire du poste, jusqu'en 1773, ce ministère
de plus de vingt années, c'est le règne de Cochin, le triomphe de ses plus chères doctrines, doctrines d'heureuse et
sage réaction.

Une évolution nouvelle des styles français date de ce
voyage.

La formule décorative qu'on appelle communément « le
style rocaille » avait donné dans les premières années du
siècle de charmantes créations où la fantaisie la plus libre
s'épanouissait sans perdre la mesure. Depuis l'époque de
la Renaissance, le principe de la symétrie régnait despo-
tiquement ; il s'était fait contre ce despotisme une révolu-
tion qui fut bienfaisante jusqu'au jour où elle méconnut
sa raison d'être et sembla s'affranchir de toute loi. L'idée
de s'inspirer, en architecture et en décoration, des accidents
de la nature avait été une idée féconde. Mais un jour vint
où orfèvres, architectes et décorateurs, emportés par un
caprice sans frein, méconnurent le principe même qui les
avait dirigés d'abord, oubliant que la nature n'inquiète
jamais ni l'œil ni la raison et qu'une logique mystérieuse
préside à l'infinie variété de ses spectacles. De lourds esprits prirent plaisir à renchérir sur les excès de la mode.
L'idéal ronflant et vide du Turinois Meissonnier égara le
goût ; Oppenord, Borromini perdirent le sens de l'équi-
libre jusqu'au mépris des lois de la pesanteur. Ce ne fut
partout que contourné, chantourné, folles compositions
sans axes, le devant mis derrière, le bas en haut, la pyra-
mide reposant sur sa pointe. « Les ornements sont tout de

travers, suivant le goût nouveau », constatait avec résignation le duc de Luynes. Passe encore pour les maîtres
du genre, mais la cohue des imitateurs était alors aussi
funeste qu'aujourd'hui. Après la mort de Meissonnier,
ses disciples tombèrent dans le pire : « Nous avons vu
ses copistes, dit *le Mercure*, décorer et placer de côté
des consoles et des clefs de voûte quoique ces corps
exigent nécessairement par leur essence l'aplomb le plus
exact. »

Ceux qui accompagnaient M. de Vandières, un Cochin,
de sagesse si française, un Soufflot, artiste sévère,
dont la pensée, au dire de Marmontel, « était inscrite
dans le cercle de son compas », maudissaient cette rage
de boursouflures. On imagine aisément quelle influence
durent avoir sur ces intelligences d'élite le commerce im-
médiat de la beauté antique, la vision du luxe gréco-
latin retrouvée sur le chantier récemment ouvert des
fouilles d'Herculanum, la campagne de Rome et son
charme austère. En présence de ces modèles éternels,
Nicolas Cochin jura la perte des corrupteurs du goût.

Par tempérament, il était ironique et batailleur, toujours prêt à noircir du papier, à pétitionner, à troquer le
burin pour la plume. Il avait le style persuasif et non
sans verdeur. Nous lisons dans un *Mémoire* de lui, juste-
ment fameux : « Tout était livré à un esprit de vertige...
La véritable époque décisive, ç'a été le retour de M. de
Marigny d'Italie et de sa compagnie. Nous avions vu et vu
avec réflexion. Le ridicule nous parut à tous bien sensible
et nous ne nous en tûmes point. Nos cris gagnèrent dans
la suite que Soufflot prêcha d'exemple. Il fut suivi de Po-

tain et de plusieurs autres bons élèves architectes qui reviennent de Rome. J'y aidai aussi comme la mouche du
coche. J'écrivis dans *le Mercure* contre les folies anciennes
et les couvris d'une assez bonne dose de ridicule. » Dès le
début de 1752, Cochin lisait à l'Académie des Beaux-Arts
une notice sur l'utilité du voyage d'Italie. En 1754, il
publiait sa Supplication aux Orfèvres, sorte de manifeste
railleur où le bon sens revendique ses droits et qu'il siérait
encore d'afficher aux murs de nos écoles... « se souvenir
qu'un chandelier doit être droit et perpendiculaire pour
porter la lumière, qu'une bobèche doit être convexe pour
recevoir la cire qui coule et non pas concave pour la
faire tomber en nappe sur le chandelier ». A chaque
ligne ce sont des traits semblables : il faudrait citer tout
le mémoire.

Telles furent les leçons que reçut M. de Vandières en
ses années d'apprentissage. Devenu directeur général, il
s'en souvint toujours. Sa correspondance avec Natoire le
montre constamment soucieux de prémunir les pension-
naires contre les tours maniérés ; il les invite à viser au
grand et au simple. On l'avait mis dans la voie droite ;
il y demeura aisément.

La vie de M. de Vandières et de Marigny mérite d'être
écrite. Les annales de son directorat constituent un cha-
pitre, et non des moins intéressants, de l'histoire de
l'ancien régime. Ce fut un homme de bonne volonté, qui,
parti de très bas, se maintint, avec modestie et fermeté,
au rang très haut où l'avait porté un caprice du sort. Il sut
grandir avec sa fonction. Son entrée en charge semble

d'un roué ; son gouvernement fut d'un homme de bien.
Les témoignages contemporains lui sont favorables. « C'est
un homme bien peu connu, dit de lui Quesnay ; personne
ne parle de son esprit et de ses connaissances, ni de ce
qu'il fait pour l'avancement des arts ; aucun, depuis Col-
bert, n'a fait autant dans sa place. » Et Mme du Hausset,
dans ses Mémoires : « M. de Marigny avait voyagé avec
d'habiles artistes en Italie et avait acquis du goût et beaucoup plus d'instruction que n'en avaient eu ses prédé-
cesseurs... Il ne faisait la cour à personne, n'avait aucune
vanité et se bornait à des sociétés où il était à son aise. »
Celui qui nous renseigne le mieux et sur l'homme et
sur l'œuvre, c'est Marmontel, dans ses Mémoires. L'auteur des *Contes moraux* eut beaucoup de protecteurs ; il fit
de Marigny son bienfaiteur de prédilection. Entré sur la
demande de Mme de Pompadour dans les bureaux de la
Surintendance, Marmontel, lorsqu'il put renoncer aux
emplois subalternes, demeura l'ami et le confident du
personnage dont il avait été le commis. Son témoignage
mérite toute confiance ; il aime et respecte son chef. Il en
parle avec assez de liberté pour qu'on le croie sur parole
et qu'on accepte à la fois dans son récit et la critique et la
louange. Marmontel reconnaît au marquis de Marigny
« une droiture, une franchise, une probité rares ». — « Il
remplissait, dit-il, si dignement sa place qu'à son égard la
faveur me semblait n'être que simple équité. » Notons
quelques ombres dans le portrait. Le Directeur général
des Bâtiments était ombrageux, jaloux de son autorité,
avide d'égards et volontiers porté à croire que l'origine
un peu trouble de sa fortune lui valait par derrière autant

de brocards qu'elle lui attirait d'hommages directs.
Un homme ainsi placé dans une situation équivoque n'aurait pu avoir Alceste pour commensal; Marmontel, par
bonheur, était un Philinte. Il sut caresser Marigny dans
sa manie secrète et ne se familiariser qu'à bon escient. En
lui faisant donner son premier emploi, Mme de Pompadour lui avait soufflé à l'oreille ce conseil qui prend dans
sa bouche une autorité singulière : « Les gens de lettres
ont dans la tête un système d'égalité qui les fait quelque-
fois manquer aux convenances. » Marmontel comprit à
demi-mot. Il supporta les travers de son bienfaiteur, ses
accès de grosse ironie, les quelques boutades de bourgeois
parvenu où se trahissait chez cet excellent homme la
vulgarité de l'origine. Ce fut le secret de sa longue faveur. Après tout, si le marquis de Marigny souffrit
par instants de ne pas devoir sa carrière à son seul
mérite, il est équitable de lui en savoir gré. Louons-
le surtout d'avoir su modérer ses désirs et contenir sa
fortune. Sa sœur voulait le marier dans une grande famille:
il s'obstina à refuser d'illustres alliances pour prendre
une femme de son choix. Il paraît que le choix ne fut pas
heureux : du moins fut-il libre et pur de calcul. Il ne
voulut ni d'un duché à brevet, ni de la survivance de
M. de Saint-Florentin, ni d'aucun ministère. « Directeur
général des Bâtiments, seigneur de Montreuil aux Lyons,
Vantelet, Vandières, Mouthiers, vicomte de Clignon,
Lucy le Bocage et autres lieux, conseiller du Roy en ses
conseils, commandeur de ses ordres », Marigny estimait
que c'était assez pour le fils d'un homme qui avait failli
être pendu. En sa qualité de parfait fonctionnaire, il ne

détestait pas l'avancement. Mais il lui déplaisait que les chansonniers eussent raison contre lui. « Le public, disait-il devant Mme du Hausset, serait injuste envers moi, quelque bien que je fisse dans une place. »

Le public ne fut pas injuste envers lui. La postérité le traite mieux encore. Elle sait gré à l'avant-dernier surin-tendant de la monarchie d'avoir bien servi son pays et son prince ; elle l'admire d'être demeuré docilement, pour le bien de l'art et des artistes, à l'école d'un homme tel que Cochin. Son nom reste attaché à d'heureuses me-sures : l'achèvement du Louvre, la construction de l'École militaire par Gabriel, celle de l'église Sainte-Geneviève par Soufflot, l'ouverture de la galerie des Rubens au Luxembourg, la création de la Manufacture de Sèvres. Il était laborieux, exact, bon comptable et ménager des deniers publics. Les documents, dans leur froide exacti-tude, sont de sûrs témoins en sa faveur. Sa correspon-dance avec le contrôleur Lécuyer le montre équitable et prévoyant. Il n'obtenait pas toujours les crédits dont il avait besoin. Il lui fallait plaider la cause de ses entrepre-neurs, généralement mal payés et toujours par acomptes, résister aux caprices des puissants, dire non au besoin. Savoir refuser était déjà une rare vertu chez un homme en place. Dans les dernières années de sa gestion, il fut aux prises avec des difficultés assez piquantes ; nous le voyons s'occuper à la fois de l'établissement d'un appartement pour Mme du Barry et des logements de la Dauphine Marie-Antoinette. Il préside à ces deux opérations avec une parfaite impartialité ; à force d'insistance il arrache à Terray les fonds nécessaires. Fatigué, malade, abreuvé de chagrins domestiques, il se retira en 1773 pour faire place à M. d'Angivilliers.

Les artistes qu'il avait aimés d'un cœur sincère et défendus avec courage lui demeurèrent fidèles dans sa retraite. Quand il mourut, en 1781, les regrets furent unanimes. Cochin consacra dans le *Journal de Paris* quelques pages flatteuses à celui qui avait été son chef, son ami et toujours son élève. Il énumère les mesures utiles prises par M. de Marigny et en fait ressortir l'excellence, sans oublier de mentionner, entre autres résultats méritoires, qu'il obtint du Roi, « en faveur de plusieurs artistes, le cordon de l'Ordre de Saint-Michel ». Cochin prend soin de rappeler le voyage d'Italie : « Il acquit ainsi, dit-il, une véritable connaissance des arts ; cependant loin de se livrer à cette confiance dont tant d'autres moins éclairés abusent pour prendre un ton tranchant, il ne porta jamais de décision sans avoir consulté plusieurs artistes à qui il avait accordé sa confiance et particulièrement ses compagnons de voyage, qu'il appelait ses yeux. » L'éloge se termine ainsi : « Sa mémoire sera conservée précieusement dans l'histoire des arts et est honorée des regrets des artistes qu'il a toujours traités plus en ami qu'en supérieur. »

Lorsque Cochin écrivait ces lignes, les effets du voyage de 1749 aboutissaient à cet art délicieux où l'eurythmie gréco-latine se mariait à la grâce française. Dans le charme discret du décor dessiné par Mique allait chanter la Muse de Chénier.

La graine de cette exquise floraison du goût, M. de Vandières l'avait rapportée d'Italie dans ses bagages.

LE
SERGENT SANS-SOUCY

HISTOIRE DU TEMPS DE LOUIS XV

PAR

M. HENRY HOUSSAYE

DÉLÉGUÉ DE L'ACADÉMIE FRANÇAISE

MESSIEURS,

Il s'appelait Aubry (Martin Aubry). Mais en entrant au régiment, il changea, selon un usage presque général parmi les soldats, son nom patronymique contre un nom de guerre. Il avait le choix entre ces noms de guerre, tous sonnant bien à l'oreille. Il pouvait prendre Sans-Quartier ou Va-de-bon-Cœur, Beau-Visage ou Brin-d'Amour, La Tulipe ou La Pervenche. Il choisit : Sans-Soucy.

Cet Aubry était né à Sommeville, petit village de la Lorraine, le 6 septembre 1721. On ne m'accusera pas de manquer de précision ! Il avait le goût des armes, car, à peine eut-il seize ans, — les règlements interdisaient les enrôlements avant cet âge, — qu'il s'engagea au régiment de Tournaisis. C'était un beau régiment, comme d'ailleurs tous les régiments de Sa Majesté le roi de France, que le régiment de Tournaisis. Depuis sa création, en 1684, il avait pris part à toutes les campagnes. Il s'était surtout distingué dans la défense de Crémone et de Toulon et aux batailles de Malplaquet et de Denain. Le drapeau était formé de bandes alternées rouges et jaunes que partageait en quatre carrés la grande croix blanche. On citait l'uniforme de Tournaisis parmi les plus jolis de l'armée. Ces soldats portaient la culotte blanche, l'habit blanc à boutons de cuivre avec collet, parements et veste rouges, et, sur la tête laborieusement poudrée au blanc de Paris, le chapeau galonné d'or. Les femmes disaient volontiers en les regardant défiler « qu'ils avaient bonne grâce et l'air de guerre ».

Sur ce que fit Sans-Soucy depuis son entrée au régiment, en 1737, jusqu'à l'année 1746 où il accomplit le fait d'armes héroï-comique qui va vous être conté, on ne sait rien, sinon qu'il devint sergent en 1742. Sans-Soucy avait bien employé son temps. Dans l'ancienne armée royale, il était très rare que l'on obtînt la hallebarde de bas-officier avant dix ou douze années de service.

Or, à la fin de l'hiver de 1746, le sergent Sans-Soucy se trouvait en Piémont, dans le vieux château de Moncalvo, avec environ deux cents malades, blessés et éclopés. M. de Chevert, qui commandait à Moncalvo, avait transformé le château en hôpital. Sans-Soucy, déjà convalescent, pouvait espérer qu'on l'y laisserait tranquillement guérir, car les choses allaient au mieux pour l'armée de M. le maréchal de Maillebois. M. le lieutenant-général de Montal occupait Asti; M. le marquis de Seneterre, Casal; M. de Chevert, Moncalvo; et l'Irlandais Lesci, commandant nos alliés, les Espagnols, bloquait la citadelle d'Alexandrie. Le maréchal de Maillebois faisait nargue aux Austro-Piémontais en donnant un bal chaque semaine à son quartier général de Valence.

L'ennemi prit soudain l'offensive. Le 4 mars, les Autrichiens du prince Lichtenstein marchèrent sur Casal et sur Moncalvo tandis que le baron de Lentron avec ses Piémontais se portait sur Asti. Au cas où il serait menacé par des troupes trop supérieures en nombre, M. de Chevert avait l'ordre d'évacuer Moncalvo et de se replier à marches forcées sur le gros de l'armée. Dès qu'il eut reconnu l'ennemi, il se disposa à exécuter ces ordres. Mais pour la marche très rapide qu'il lui fallait faire, il ne pouvait s'embarrasser de ses blessés, d'autant plus que les moyens de transport manquaient et que l'avant-garde autrichienne barrait déjà la route. Il se résigna à les laisser à Moncalvo, non toutefois sans donner des instructions à Sans-Soucy, le plus haut gradé de l'hôpital.

— Avec les hommes assez valides pour se servir de leurs fusils, lui dit-il, vous résisterez aux coureurs ennemis qui pourraient maltraiter les malades. Mais vous vous rendrez prisonniers de guerre au premier officier qui se présentera à la tête d'un détachement constitué. — Ces recommandations faites, Chevert, avec ses quelques bataillons, passa sur le ventre à l'avant-garde autrichienne. Le prince Lichtenstein le poursuivit dans la direction du Tanaro.

Sans-Soucy, cependant, ne voulait pas du tout être prisonnier de guerre. Il avait son idée. A peine investi du commandement de l'hôpital, il réunit auprès des grabataires les hommes les moins malades et mit tout le monde au courant de ce qui se passait. Il dit pour finir :

— Voyons, mes amis, nous avons **nos** fusils et des car-
touches. Ne voulons-nous pas faire une toute petite résis-
tance, pour deux liards de défense ?

L'humeur joviale, l'imperturbable gaîté de Sans-Soucy
lui avaient conquis depuis six semaines tous les hôtes de
l'hôpital. Ils s'écrièrent d'une seule voix qu'ils étaient
prêts à combattre sous les ordres du brave sergent.

— Eh bien ! commençons par mettre la place en état de
défense. Debout ! les hommes de bonne volonté !

A peine si quelques malades restèrent sur leur couche
de paille. Sans perdre un instant on se mit au travail.
Les anciennes meurtrières, plus qu'à demi obstruées
par les nids d'oiseaux et les pariétaires, furent dégagées.
Devant la porte principale qui avait remplacé le pont-levis,
le fossé était comblé ; on creusa la terre, on solidifia la porte
avec des arbres coupés dans un boqueteau environnant.
On disposa des abatis sur différents points. Une vieille
pièce de fer, abandonnée depuis un siècle dans la cour
du château, fut hissée sur l'une des plates-formes. La
poudre ne manquait pas, et avec des balles on ferait de la
mitraille.

Quelques jours passèrent. Pendant ce temps, la garnison
d'Asti, forte de huit bataillons, s'était rendue à discrétion
après une très faible défense, et le maréchal de Maillebois,
ainsi que MM. de Chevert et de Seneterre, avaient dû se
replier au delà du Tanaro. Sans-Soucy se trouvait séparé
des Français par vingt lieues et toute l'armée austro-pié-
montaise. Un beau matin, un détachement ennemi arriva
à Moncalvo pour prendre possession de l'hôpital.

A bonne distance, les Piémontais furent salués d'un

coup de mitraille qui ne leur fit pas grand mal, mais qui les surprit fort. Comme ils continuaient d'avancer, une fusillade nourrie et bien ajustée les arrêta net. Ils rebroussèrent chemin. L'officier qui les commandait rendit compte au quartier général que les malades se défendaient comme des diables. Deux bataillons et une batterie furent dirigés sur Moncalvo pour réduire le château. Vu l'étrangeté du fait, le baron de Lentron accompagna le détachement afin d'assister à cette singulière escalade. Il fit sommer la garnison. M. le gouverneur, c'est-à-dire le sergent Sans-Soucy, condescendit à parlementer avec le commandant en chef des troupes piémontaises, mais ce fut pour lui déclarer que l'hôpital était devenu un château fort, pourvu d'une bonne garnison qui était déterminée à ne se rendre qu'à la dernière extrémité. Dans ce Lorrain, il y avait du Gascon.

— Je ne capitulerai, dit-il, qu'après que l'artillerie aura fait brèche au corps de place, et que j'aurai vu ouvrir une tranchée, n'en ouvrît-on que de la longueur de ma pipe.

Amusé par la belle humeur du sergent, M. de Lentron lui répondit :

— C'est bien, mon camarade, vous serez servi selon vos goûts.

Je ne sais pas si l'on ouvrit une tranchée comme l'avait exigé Sans-Soucy, mais ce qui est certain c'est que l'hôpital fut très vivement canonné. Après deux ou trois heures d'un feu violent, auquel la garnison avait riposté de son mieux avec la vieille pièce de fer et une mousquetade continue, plusieurs des défenseurs étaient blessés et la porte était en morceaux. Pour donner l'assaut il suffisait à l'ennemi de jeter quelques fascines dans le fossé. Sans Soucy fit battre la chamade. Reçu en parlementaire par le baron de Lentron, il dit que, l'honneur étant sauf, il était disposé à rendre la place s'il obtenait une capitulation honorable dont il entendait fixer lui-même les conditions. La garnison sortirait avec armes et bagages, défilerait devant les troupes ennemies et aurait la liberté de rejoindre le quartier général du maréchal de Maillebois. Sans-Soucy demanda en outre « quelques vieilles bourriques » pour ceux de ses blessés et de ses malades qui seraient incapables de faire la route à pied.

Sans-Soucy avait décidément conquis par ses gasconnades le baron de Lentron. Le général piémontais accorda tout, même les bourriques.

Le lendemain matin, la garnison sortit de l'hôpital. En tête un tambour boiteux battait la marche. Sans-Soucy, accompagné d'un caporal le bras en écharpe et d'un anspessade qu'il avait promus pour la durée du siège aux fonctions de sous-aides-majors, saluait galamment avec sa hallebarde les officiers piémontais. Derrière lui, défilaient, montés sur des ânes, les soldats les plus malades et les blessés de la veille. Le corps de bataille marchait ensuite, clopin-clopant, mais au port d'arme et en bon ordre, sur trois hommes de front. Enfin, pour que rien ne manquât aux honneurs de la guerre, une charrette qui suivait la colonne contenait le matériel des assiégés, c'est-à-dire les ustensiles de l'hôpital, y compris les seringues, le tout paré de branches de sapin et de tiges de lierre.

C'est dans cet équipage que Sans-Soucy rejoignit, près de Novi, les avant-postes français. Les soldats l'acclamè-

rent, et le maréchal de Maillebois, non content de le féli-
citer pour cette prouesse, en rendit compte au roi dans un
rapport détaillé. Par l'ordinaire suivant, il reçut pour le
sergent un brevet de lieutenant de grenadiers au régiment de Tournaisis. M. de Maillebois voulut lui-même
reconnaître Sans-Soucy comme officier. Les troupes ayant
pris les armes et s'étant formées en un vaste carré, il se
porta devant le front du régiment de Tournaisis, donna
l'ordre à Sans-Soucy de sortir des rangs et lut à haute
voix le brevet. Dans les premières lignes étaient men-
tionnés les faits qui avaient valu à l'heureux sergent la
bienveillance royale. Au milieu de la lecture, celui-ci interrompit M. de Maillebois :

— Pardieu! monsieur le Maréchal, relisez-moi voir un
peu ça.

M. de Maillebois ayant très volontiers recommencé de
lire les éloges que donnait le roi à la résolution et à la
bravoure de Sans-Soucy, le nouvel officier, ivre de joie,
l'interrompit encore.

— Le diable m'emporte! s'écria-t-il. Le roi dit vrai!

Sans-Soucy ne s'arrêta pas au grade de lieutenant. Il fut
nommé plus tard aide-major de la place de Neuf-Brisach,
puis chevalier de Saint-Louis, enfin capitaine de grenadiers. Mais ce n'était plus Sans-Soucy. Il avait repris son
vrai nom en le modifiant quelque peu. Il signait : *d'Aubry,*
avec un *d* et une apostrophe. Il trouvait que c'était de
meilleur effet, et il jugeait sans doute que la défense de
l'hôpital de Moncalvo valait bien la particule.

Paris. — Typographie de Firmin-Didot et Cⁱᵉ, impr. de l'Institut, rue Jacob, 50. — 38153.